Goosebumps®

Goosebumps®

Goosebumps®

雞皮疙瘩 40

失落的傳說

Legend of The Lost Legend

R.L. 史坦恩（R.L.STINE）◎著

柯清心◎譯

致台灣讀者

讀者們，請小心……

我是Ｒ・Ｌ・史坦恩，歡迎到「雞皮疙瘩」的可怕世界裡來。

你是否曾在深夜裡聽到過奇怪的嚎叫？你是否曾在黑暗中聽到腳步聲——卻根本看不到人？你是否見過神祕可怖的陰影，幽幽暗處有眼睛在窺視著你，或者身後有聲音叫你的名字？

如果是這樣，你應該了解那種奇特的發麻的感覺——那種給你一身雞皮疙瘩、被嚇呆的感覺。

在這些書裡，幽靈在閣樓上竊竊低語；膽顫心驚的孩子忽而隱形；稻草人活了，在田野裡走來走去；木偶和布娃娃也有生命，到處嚇人。

當然，這些都是磨礪心志的好玩的嚇人事。我希望你們感到害怕，同時也希望你們大笑。這都是想像出來的故事。當然，最可怕的地方在你們自己心裡。

過個害怕的一天吧！

RL Stine

出版緣起

人生從奇幻冒險開始

何飛鵬
城邦媒體集團首席執行長

我的八到十二歲是在《三劍客》、《基度山恩仇記》、《乞丐王子》中度過的。可是現在的小孩有更新奇的玩具、電玩、漫畫，以及迪士尼樂園等。

八到十二歲，正是孩子從字數極少、以圖畫爲主的繪本閱讀，跨越到漸漸以文字閱讀爲主的時期。也正是訓練孩子從圖像式思考，轉變成文字思考的重要階段。在這個階段，養成長期的文字閱讀習慣，能培養孩子敘事、分析、推理的邏輯思辨能力，奠定良好的寫作實力與數理學力基礎。

然而，現在的父母擔心，大環境造成了習於圖像、不擅思考、討厭文字的一代。什麼力量能讓孩子重回閱讀的懷抱呢？

全球銷售三億五千萬冊的「雞皮疙瘩」，正是爲了滿足此一年齡層的孩子的需求而誕生的！

無論是校園怪奇傳說、墓地探險、鬼屋驚魂，或是與木乃伊、外星人、幽靈、吸血鬼、殭屍、怪物、精靈、傀儡相遇過招，這些孩子們的腦袋裡經常出現的角色或想像，經由作者的生花妙筆，營造出一個個讓孩子們縱橫馳騁的魔幻時空、光怪陸離的神奇異界，經歷各種危急險難，最終卻又能安全地化險爲夷。這樣的冒險犯難，無論男孩女孩，無不拍案稱奇、心怡神醉！

本系列作品被譯爲三十二種語言版本，並在全球數十個國家出版，創下了出版史上多項的輝煌紀錄，廣受世界各地孩子的喜愛。作者史坦恩表示，這套作品之所以成功，是因爲多年的兒童雜誌編輯工作，讓他對兒童心理和兒童閱讀需求有了深刻理解——他知道什麼能逗兒童發笑，什麼能使他們戰慄。

我們誠摯地希望臺灣的孩子也能和世界上其他的孩子一樣，有更豐富多元的閱讀選擇。更希望藉由這套融合驚險恐怖與滑稽幽默於一爐，情節緊湊又緊張的「雞皮疙瘩系列叢書」，重拾八到十二歲孩子的閱讀興趣，從而建立他們的閱讀習慣，擁有一個快樂學習的童年。

現在，我們一起繫好安全帶，放膽體驗前所未有的驚異奇航吧！

專文推薦

戰慄娛人的鬼故事

國立臺北教育大學語文與創作系兒童文學教授　廖卓成

這套書很適合愛看鬼故事的讀者。

文學的趣味不止一端，莞爾會心是趣味，熱鬧誇張是趣味，刺激驚悚也是趣味。有人擔心鬼故事助長迷信，其實古典小說中，也有志怪小說一類，《聊齋誌異》就有不少鬼故事。何況，這套書的作者開宗明義的說：「這都是想像出來的故事」，不必當眞。

既然恐怖電影可以看，看鬼故事似乎也無妨；考試的書讀久了，偶爾調劑一下，對頭腦卻是有益。當然，如果看鬼片會連續失眠，妨害日常生活，那就不宜勉強了。

雋永的文學作品，應該有深刻的內涵；但不少兒童文學作品說教有餘，趣味不足。只要有趣味，而且不是害人爲樂的惡趣，就是好的作品。鮑姆（Baum）在《綠野仙蹤》的序言裡，挑明了他寫書就是爲了娛樂讀者。

倒是內行的讀者，不妨考校一下自己的功力，留意這套書的敘事技巧，由主角「我」來講故事，有甚麼效果？書中衝突的設計與化解，是否意想不到又合情合理？能不能有不同的設計？會不會更好？這是另一種引人入勝之處。

導讀

結局只是另一場驚嚇的開始

耿一偉
臺北藝術節藝術總監
臺北藝術大學戲劇系兼任助理教授

不知道大家還記不記得，小時候玩遊戲，比如捉迷藏等，都會有一個人要當鬼。鬼在這個遊戲中很重要，沒有鬼來捉人，遊戲就不好玩。這些遊戲的關鍵特色，不是人要去消滅鬼，而是要去享受人被鬼追的刺激樂趣。所以當鬼捉到人後，不是遊戲就結束，而是下一個人要去當鬼。於是，當鬼反而是件苦差事，因爲捉人沒有樂趣，恨不得趕快找人來替代。所以遊戲不能沒有鬼，不然這個遊戲就不好玩了。

在史坦恩的「雞皮疙瘩系列」中，這些鬼所扮演的角色也是類似遊戲中的鬼，給我帶來閱讀與想像的刺激。各位讀者如果留意一下，會發現在他的小說中，都有一個類似的現象，就是結局往往不是一個對抗式的終局，一種善惡誓不兩立，以消滅魔鬼爲最終目標的故事——這比較是屬於成人恐怖片的模式，不是你死，就是人類全部變殭屍。但「雞皮疙瘩系列」中，你的雞皮疙瘩起來了，可是結尾的時候，鬼並不是死了，而是類似遊戲一樣，這些鬼換了另一種角色，而且有下一場遊戲又要繼續開始的感覺。

礙於閱讀的樂趣，我無法在此對故事結局說太多，但各位看完小說時，可以再回想我在這裡說的，就知道，「雞皮疙瘩系列」跟遊戲之間，的確有類似性。換另一個角度來看，這些主角大多為青少年，他們在生活中碰到的問題，如搬家面對新環境、男生女生的尷尬期、霸凌、友誼等，都在故事過程一一碰觸。

「雞皮疙瘩系列」令人愛不釋手的原因，也在於表面上好像主角是鬼，但讀到一半，你會感覺到，故事的重點不知不覺地從這些鬼怪轉移到那些被追的青少年身上，鬼可不可怕不是重點，重點是被追的過程中，一些青少年生活中的苦悶，也被突顯放大，甚至在故事中被解決了。所以你會在某種程度感受到，這本書的內容是在講你，在講你的生活，在講你的世界，鬼的出現，只是把這些青春期的事件給激化了。

另一個有趣的現象，是從日常生活轉入魔幻世界的關鍵點，往往發生在父母不在身邊，然後主角闖入不熟識空間的時候——比如《魔血》是主角暫住到姑婆家、《吸血鬼的鬼氣》是闖入地下室的祕道、《我的新家是鬼屋》是新家的詭異房間……等等。

因為誤闖這些空間，奇怪的靈異事件開始打斷平凡無趣的日常軌道，一段冒險展開了，一場你追我跑的遊戲開始進行，而父母們往往對此毫無所悉，不知道自己的兒女在故事結束時，已經有所變化，變得更負責任，更勇敢。

「雞皮疙瘩系列」的意義，也在這個地方。在平凡無奇充滿壓力的青春期校園生活中，有那麼多不快樂、有那麼多鬼怪現象在生活中困擾著我們，但這無法跟家長說，因為他們不能理解，他們看不到我們看到的。但透過閱讀，透過想像力所引發的鬼捉人遊戲，這些不滿被發洩，這些被學校所壓抑的精力被釋放了。

幸好有這些鬼怪的陪伴，日子不再那麼無聊，世界可以靠自己的力量改變。

終究，在青少年的世界裡，鬼怪並不是那麼可怕，在史坦恩的小說中，也往往會有主角最後拯救了這些鬼怪的情形，彷彿他們不是惡鬼，而比較像誤闖人類世界的外星人……這也是青少年的焦慮，他們正準備降臨成人世界，這件事讓他們起了雞皮疙瘩！！

這句英文怎麼說

我只看得到冰而已。
All I can see is ice.

1.

賈斯汀．克拉克把手套邊緣塞進藍色厚皮大衣的袖管裡，用手護住眼睛四處搜尋著。

「我沒看見爸爸。」他告訴妹妹瑪莉莎，「妳看見了嗎？」

「我什麼也看不見！」瑪莉莎在風中大聲喊道，「我只看得到冰而已！」

拉雪橇的狗群蠢蠢欲動的吠叫著，迫不及待想再次拉車上路了。

賈斯汀瞇著眼睛左右張望，冰層在明亮的陽光下泛著銀色的光芒，一路平滑的延伸出去。

遠處的冰層暗成藍色，而且越遠越藍，直到與天際相融。賈斯汀根本無法分辨哪兒是冰層盡頭，哪兒又是天際之始。

「好冷啊……」瑪莉莎喃喃說道。一陣刺骨的寒風掀翻了她的大衣連帽，露出一頭紅髮來。瑪莉莎立刻手一抬，用戴著手套的手把帽子壓回去。

賈斯汀揉揉鼻子，用毛絨絨的手套貼在凍僵的臉頰上，想讓臉暖和一些。狗群躁動不已，賈斯汀抓住雪橇手把，以免雪橇滑開。

「我們現在該怎麼辦？」瑪莉莎問。

賈斯汀聽得出她的聲音微微發顫，知道妹妹跟自己一樣害怕。

他踏到雪橇上說：「我看只能繼續走了，直到我們找到爸爸爲止。」

瑪莉莎搖搖頭，用手拉著連帽。

「也許我們應該留在原地，」她建議道，「如果我們待在這兒，爸會比較容易找得到我們。」

賈斯汀仔細盯著妹妹，不知怎地，瑪莉莎看起來竟和平時不太一樣。接著賈斯汀發現到——原來在冰天雪地裡，妹妹臉上的雀斑全都消失了！

「太冷了，我們不能留在原地不動。」賈斯汀說，「我們繼續走動的話，會比較暖和。」

這句英文怎麼說

我討厭刺激的冒險！
I hate amazing adventures!

賈斯汀扶妹妹坐上雪橇後座，十二歲的賈斯汀只比瑪莉莎大一歲，但他又高又壯，妹妹卻嬌小而瘦弱。

狗群低聲吼著，同時焦躁的刨著銀冰。

「我討厭南極！」瑪莉莎雙手緊抓著雪橇手把罵道，「我討厭南極的一切，厭惡到簡直說不出話來！」

天哪！她又來了……賈斯汀心想。

每次瑪莉莎一開始抱怨，就會沒完沒了。

「我們不會有事的……」賈斯汀很快說道，「一找到爸爸就都不會有事了，接下來還可以來趟很刺激的冒險哩。」

「我討厭刺激的冒險！」瑪莉莎說，「跟我討厭南極一樣！我簡直無法相信爸竟然會帶我們來這種鬼地方——而且還把我們搞丟了！」

賈斯汀抬頭望著天空，太陽漸漸下山了，大片大片的金光灑落在冰層上。

「我們很快就會找到老爸了。」他告訴瑪莉莎：「我知道我們會的。」

賈斯汀把兜帽壓到額前。「我們繼續走好嗎？以免凍壞了。」接著啪的一聲揚起繩索，低聲喝令六隻狗：「走！走！」

狗群頭一低，快速衝向前去。雪橇一滑動時，劇烈的抖動了一下。

「哇——啊！」賈斯汀嚇得尖聲大叫，因爲他發現自己正往外跌去。

他的手從雪橇手把上滑開，想拚命去抓卻沒抓著，接著便從雪橇上、背部朝下的重重摔到冰地上了。

「唉喲！」賈斯汀感到肺部的氣全漏光了。

他的手腳在空中亂抓，活像隻仰躺的蟲子。

賈斯汀掙扎著坐起來，眨了眨眼，四周的冰層閃閃發光，亮得他幾乎看不到漸行漸遠的雪橇。

「賈斯汀——我不會停下來啊！」瑪莉莎的尖吼聲在颼颼的冷風中顯得如此微弱。

「瑪莉莎——」賈斯汀出聲回應道。

「我不會停雪橇啊！救我——救命啊！」瑪莉莎的呼喊聲已然遠去。

這句英文怎麼說

我穿著雪鞋怎麼跑？
How can I run in snowshoes?

2.

賈斯汀跳起身來，趕緊去追雪橇，不料又跌了一跤，這回是面朝下。

我穿著雪鞋怎麼跑？簡直就像在鞋子上套了兩把網球拍嘛……

賈斯汀無計可施，只能跳起來繼續跑著。

他得追上雪橇才行，不能讓瑪莉莎獨自面對酷寒及綿延無盡的寒冰。

「我來啦！」他大叫著，「瑪莉莎——我來了！」

賈斯汀低頭頂著凜烈的強風，同時將雪鞋插入冰層表面的雪裡，一步接一步，賣力的跑著。

賈斯汀抬起頭，瞇眼望著遠方，雪橇在金光閃閃的冰層上，已經變成一片模糊的暗影——「一小片」模模糊糊的身影。

「瑪莉莎——」賈斯汀喘著氣大喊，「把雪橇停下來！拉緊繩子！拉呀！」

可是他知道瑪莉莎聽不見。他的心臟在胸口狂跳，身體一陣刺痛，兩腳因抬著沉重的雪鞋而痠疼不已。

但賈斯汀還是繼續前行，絲毫不敢放慢速度。

當他再次抬頭時，雪橇變得越來越大，也越來越近了。

「呃？」他的聲音化成一縷白煙，飄在頭頂上。

我追上了嗎？賈斯汀自問道。

是的，雪橇現在變得更清晰、更近了。

他可以看到瑪莉莎一手抓著雪橇，另一手則興奮的對他揮舞。

「妳……妳是怎麼把雪橇停下來的？」賈斯汀一邊喘著氣問，一邊搖搖晃晃的朝妹妹走過去。

瑪莉莎的藍眼睛因恐懼而睜得大大的，下巴不住的微微顫抖。

「我沒停下雪橇呀……」她告訴賈斯汀。

「可是……」

這句英文怎麼說

你是怎麼把雪橇停下來的？
How did you stop the sled?

「是它自己停下來的。」瑪莉莎解釋道，「狗群全都停下來了，我好怕呀……哥哥，牠們全都是自己停下來的。」

她指著狗說：「你看牠們。」

賈斯汀轉身看著雪橇前面的狗群。六隻狗全都低頭拱背、抖抖顫顫，嗚咽的團圍在一起。

「牠們在害怕。」賈斯汀呢喃道，突然感到一股戰慄。

「牠們不肯走……」瑪莉莎說，「只是擠在一起嗚咽，我們該怎麼辦？」

賈斯汀沒回答。他望著雪橇前方，又看著驚懼的狗群前方。

他看到一幅奇異的景象——一片幾乎呈完美圓形的藍色湖泊，像是有人在冰上刻出來似的——那是一潭映著藍天的碧湖。

「哇——噢！」瑪莉莎驚呼一聲，她也看見了。

他們都看見小湖中央有個東西站在一大塊冰上，那東西垂下頭去，正回望著他們。

是海獅！一隻藍色的海獅！

「爸就是在找這隻海獅！」賈斯汀大叫道，他走到妹妹身邊，兩人驚奇不已的凝望著那隻神奇的動物。

「世上唯一的藍海獅。」瑪莉莎喃喃道，「神話中的動物，大家甚至不相信眞有藍海獅的存在。」

爸爸在哪兒呀？

賈斯汀一邊心想，一邊目不轉睛的瞅著巨大的藍海獅。

爸怎麼可以錯過這麼精彩的一幕呢？

他大老遠把我們帶到南極找尋藍海獅，結果自己卻迷路了——瑪莉莎和我成了唯一兩個看見牠的人。

「你覺得我們可不可以再靠近一些？」瑪莉莎問，「我們能不能走到湖邊看得更清楚一點？」

賈斯汀猶豫著說道：「爸說藍海獅有一種奇異的力量，也許我們還是留在這裡比較好。」

「可是我想看清楚一點。」瑪莉莎抗議道。

這句英文怎麼說

世上唯一的藍海獅。
The only blue sea lion in the world.

她說著從雪橇上走下來，接著又停住了。

他們同時聽到了轟隆隆的聲音——一股低沉的轟隆聲，起先很小聲，而後越變越響。

「聲音是從哪兒來的？」瑪莉莎輕聲問著，眼神中忽然充滿了恐懼。

「是海獅嗎？」賈斯汀猜測道，「是海獅在吼嗎？」

不是。

他們又聽到了，這回聲音更大，有如響雷。

雷聲……自他們腳下傳來，而且這回撼動了大地。

賈斯汀聽到一記裂響，垂眼一看，及時看到冰層裂開——

「哎呀！」賈斯汀驚嚇得大叫一聲，抓住雪橇後邊攀了上去。

「怎麼啦？」瑪莉莎大聲問道，並用兩手抓住雪橇的手把。

底下又是一陣巨響。雪橇一傾，搖晃了起來。

隨著轟隆聲而來的，是冰層的碎裂聲。四周的冰層紛紛爆裂，大地似乎就要撕裂開來。

棲在圓型小湖中央的藍海獅平靜的回望著兄妹兩人，震天價響的裂冰聲弄得狗群驚號不已。

雪橇左傾右晃，上下搖擺著。賈斯汀拚盡全力、死命的抓住手把。

他向下望去，看到腳底下的冰面已經碎成千萬片了。湖面隨著冰層的碎裂而漸拓漸寬，水從四面八方竄湧而出。

賈斯汀發現——這其實不是湖，而是一片冰封的海洋！

「我們……我們要飄走了！」瑪莉莎高喊道。

狗群在震天的碎冰聲中狂吠，海水從四面八方灌向雪橇，一記大浪湧來，將雪橇捲起。

藍海獅消失在遠處，他們兄妹倆則隨浪飄走，載浮載沉的飄向了大海。

這句英文怎麼說

我們要飄走了！
We are floating away!

3.

「接下來怎樣？爸爸。」我問。

「對嘛，別停下來啦！」瑪莉莎哀求道：「你不能把賈斯汀和我留在浮冰上、飄在汪洋裡，你快點繼續往下說呀！」

我把睡袋拉到下巴上，帳篷外的營火轉弱了，我可以聽見四周森林傳來的蟲鳴聲。

我從敞開的帳篷布簾向外望去，外面黑得看不見樹林。但我看見一道狹長的紫色天光，沒有月亮，天上連一顆星子都沒有。

有沒有什麼東西比森林還黑啊？

我們在帳篷裡放了盞煤油燈，暖黃的燈光圈繞著我們，卻沒什麼熱度。

爸爸將毛衣最上邊的釦子扣好，剛吃完晚飯進帳篷時，裡面還滿熱的，但現在周遭卻變得又濕又冷。

「今晚就說到這裡了。」爸爸搔搔自己的棕色鬍子說。

「可是後來怎麼樣了嘛……」瑪莉莎又問，「爸，繼續說啦，拜託、拜託。」

「就是嘛！」我同意道：「我們是不是飄到海上了？我們怎麼回來？你有沒有現身救我和瑪莉莎？」

老爸聳聳肩，穿著毛衣的他看起來活像一隻棕色的大熊。

「我不知道，」他回答，「我不知道接下來會怎麼樣。」

爸爸嘆口氣，俯身探向自己的睡袋。他有個啤酒肚，所以很難彎下身去攤開睡袋。

「我還沒想到故事的結尾。」爸輕聲說，「說不定今晚我會夢到一個不錯的結局。」

瑪莉莎和我一起發出呻吟，我們最討厭爸爸故事講到一半了，他老是讓我們兩個處於九死一生的險境裡，有時我們得等上好幾天，才能知道後來我們是不是

這句英文怎麼說

我還沒想到故事結尾。
I have not thought of an ending to the story yet.

沒事。

老爸在帳篷地上坐下來，哼哼唉唉的脫下了靴子，再掙扎著將自己塞到睡袋裡。

「晚安。」瑪莉莎打著呵欠說，「我累死了。」

我也很累。我們從一早就深入森林，一路披荊斬棘的跋涉過來。

「賈斯汀，幫個忙好嗎？」爸指著煤油燈說，「把燈熄了。」

「沒問題。」我說。

我往前伸手去拿油燈，不料手卻撞到燈，把燈打翻了。

不到幾秒鐘的時間，整個帳篷就燃起橘黃色的火焰了。

4.

我驚呼一聲，拚命從睡袋中掙脫出來。

老爸卻率先站起來，我從沒看他動作這麼迅速過。

他趕緊撿起一片帳篷裡的帆布地板，撲滅帳壁上的火焰。

「爸……對不起！」我好不容易擠出這句話來，終於從睡袋裡爬了出來。

幸好火燄只燒著一片牆。我實在太會幻想了，腦子裡立刻想像我們一群人深陷在火海裡的樣子。

我想我的想像力得自於老爸吧！想像力有時挺好用的，有時卻不然。

我重重喘著氣，全身都在發抖。

「對不起……」我又說了一遍。

這句英文怎麼說

你今天早上亂跑，結果迷路了。
You wandered off and got lost this morning.

「好險哪！」瑪莉莎顫抖著說，「賈斯汀實在太笨手笨腳了！」

她已經爬到帳篷邊，準備逃出去了。

爸搖搖頭說：「只燒出一個小洞而已，我可以用這個把洞蓋住。」接著把帆布地板遮在洞上。

「這帳篷燒得好快呀！」我嘀咕著。

爸「嗯」了一聲，但沒回答。

「在深山老林裡，要是沒帳篷就慘了。」瑪莉莎說，「尤其是這種鳥不生蛋的地方。」

「沒事了。」爸一邊忙著補洞，一邊口氣酸酸的輕聲說：「不過你們兩個一點忙也沒幫上。」

「呃？什麼意思？」我一面問，一面拉直睡褲褲管。

「你們兩個什麼忙也沒幫。」爸又抱怨道。

「我又怎麼了？」瑪莉莎尖聲問道，「燒帳篷的人又不是我。」

「妳今天早上亂跑，結果迷路了。」爸提醒她。

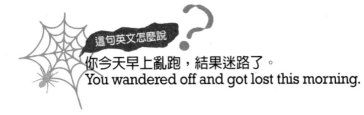

「我以爲我看到奇怪的動物了嘛……」瑪莉莎回答。

「搞不好只是隻松鼠而已，」我插嘴道，「或是松鼠的影子。」

「少煩我，賈斯汀。」瑪莉莎啐道。

「而且今晚你們兩個都不肯去撿柴。」爸接著罵道。

「我們累了嘛。」我解釋著。

「何況我們又不知道去哪裡找。」瑪莉莎補充道。

「在森林裡不知去哪兒撿柴？」老爸叫道，「你們不知道森林中哪裡有柴火？往地上找一找如何？」

爸越說越氣。

也許爸說的沒錯，瑪莉莎和我應該多幫點忙。

畢竟，老爸非常重視這趟旅程，而且他肯帶我們來，已經是謝天謝地了。

我爸叫理查·克拉克，也許你們聽過他的名字，他是位非常知名的作家、說書人及故事蒐集家。

爸爸周遊世界去搜羅故事——各式各樣的故事，再把故事編寫成書。他已經

這句英文怎麼說

爸爸周遊世界去搜羅故事。
Dad travels all over the world, searching for stories.

出版了十本故事集，而且還到全國各地講述他所搜尋來的故事。

爸爸有過很多精彩的旅程，但這一次又格外特別，因爲他帶著瑪莉莎和我，我們一起到歐洲位於小國布瓦尼亞的森林中，做一次特殊的探尋。

爸一直不肯露口風，直到那天早上我們穿越森林時，才告訴我們。

「我們到布瓦尼亞是來找尋『失落的傳說』的。」他解釋道。

爸從鬍子上拔下一大隻黑甲蟲，將蟲子扔掉。

「『失落的傳說』是一份非常古老的手稿，據說藏在一只銀箱子裡。」他邊走邊說，「已經有五百年沒人見過那份手稿了。」

「哇啊！」跟在我們身後較遠處的瑪莉莎驚歎道。她不時停下來看看昆蟲和野花，爸和我只好一路等她跟上來。

「傳說的內容是什麼？」我問。

爸把沉重的裝備甩回背上。

「沒人知道傳說的內容是什麼，」他答道，「因爲這傳說已經遺失太久了。」

他用彎刀砍掉眼前一大片高長的雜草。接著，我們又跟著老爸穿過林間的一小塊空地。

樹林非常的濃密，頂上長滿了葉子，能透進來的陽光十分有限。儘管還是早上，但森林裡卻跟夜晚一樣黑。

「如果我們找到『失落的傳說』，那就眞是走大運了。」爸說，「它將改變我們的一生。」

「怎麼說？」我問。

爸爸的表情一沉，「『失落的傳說』的古老手稿價値連城，全世界都想一探究竟，因爲沒有人知道手稿是誰寫的，或裡頭寫了些什麼。」

一整天在森林裡穿梭時，我都在想手稿的事。

如果手稿是讓「我」找到的話呢？

我問我自己。

如果我一低頭，就看到那只銀箱子呢？說不定那箱子就藏在兩塊岩石之間，或半埋在土裡，只露出銀蓋子的一角。

這句英文怎麼說

往後我會多幫一些忙的。
I'll be more helpful.

那豈不是太酷、太帥了？

我想像老爸會有多麼高興，並幻想自己會多麼富有、出名，那麼一來我就會成爲英雄，一名道道地地的大英雄了。

我一整天就是在想這件事。

不過到目前爲止，我知道當英雄的事還沒半撇咧！事實上，我差點就把帳篷給燒掉了，而且老爸對我和瑪莉莎懶得幫忙的事也頗有微詞。

夜裡，我默默對自己承諾道：往後我會多幫一些忙的。我往睡袋裡鑽，想讓自己暖和一點。

我聽見爸爸在帳篷另一頭輕聲打呼。他可以在短短幾秒鐘內入睡，而且還睡得很沉，非得要敲他腦袋才叫得醒！

瑪莉莎和我跟老爸不同，得翻身好幾個小時才睡得著，而且一點點小不拉嘰的聲音都能立刻把我們驚醒。

因此這會兒我就仰躺在睡袋裡，兩眼睜睜的瞧著帳篷頂，努力放空思緒，別再去想任何事情。

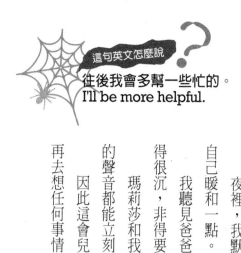

我努力想要睡著……睡著……睡著。

可是就在我快睡著之際，卻聽到一聲野獸的號叫，那叫聲刺穿了寂靜的夜空，是一記怒吼——而且凶惡的吼聲來得如此之近，就在帳篷外面！

我頓時跳起身來，整個人全醒了，且重重的喘著氣。

我知道這傢伙可不是故事裡的可愛小動物。

這可不是開玩笑的！

這句英文怎麼說

我發現自己正在冒汗。
I realized that I was sweating.

5.

帳篷裡的空氣貼在我灼熱的肌膚上，感覺如此冰涼，我發現自己正在冒汗。

我豎著耳朵聆聽，接著聽到一陣走動聲，一記低吼，再來是爪子踏在葉片層疊的林地上所發出的沉重腳步聲。

我的心怦怦亂跳，我把睡袋往下脫，爬出了袋子。

「噢！」我輕叫一聲，因爲有人從我旁邊擠了過去。

「是你嗎？爸爸。」

不是，我聽見營帳另一頭老爸均勻的鼾聲。

我知道光憑淒厲的獸號還不足以把老爸驚醒！

「瑪莉莎……」我低聲喚道。

「噓，」瑪莉莎用手指貼在嘴唇上，同時朝營帳門口爬過去。「我也聽見了。」

我很快的爬到她身邊，兩人在門口停下來。

「是某種動物。」瑪莉莎喃喃說道。

「說不定是狼人！」我低聲回答。

我又開始幻想了。

可是狼人不是應該住在歐洲的森林深處嗎？所有狼人電影不都以歐洲森林爲背景嗎？跟這座一樣的森林嗎？

我聽見另一聲低吼，於是抓住帳篷布門，將它拉開。剎那間，冷風直灌而入，我的睡衣衣角被風吹掀了。

我望向暗夜，一片霧氣落在我們搭營的小片空地上，蒼白的月光穿透雲霧，將周遭染上一層藍色的暈光。

「是什麼？」瑪莉莎貼在我身後說，「你有沒有看見是什麼東西？」

我看不到任何動物，只有飄渺的藍霧。

「回營帳裡吧。」瑪莉莎說。

這句英文怎麼說

說不定是狼人！
Maybe it is werewolf!

我聽到一陣沙沙聲，還有什麼東西在用力嗅著。

「快點啦！快回來。」瑪莉莎焦急的說道。

「等一下。」我低聲說。我得看看外頭到底是什麼，得搞清楚那聲音是什麼東西弄出來的。

我發著抖，空氣又濕又重。

小團小團的藍霧似乎附在我身上。我踏出帳篷一步，一陣刺寒自地面傳到我的裸足上。我屏住氣息，咬牙再跨出一步。

接著，我便看到那隻動物了。

那是一隻狗，一隻又高又大的狗，看起來很像德國狼犬，卻有著長長的白毛。狗兒的白毛在朦朧的月光下閃著銀絲般的光芒，牠垂著頭，嗅著地面。

我盯著狗兒看，牠抬起頭來轉身看我，並搖起尾巴來。

我非常喜歡狗，向來就非常愛狗，因此想都沒想就伸出手，跑過去想摸牠。

「不！不行！」瑪莉莎尖叫著說。

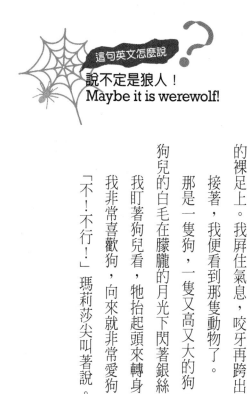

6.

太遲了！

我跪下來拍著大狗背上的毛，那毛摸起來又軟又厚，我的手觸著纏在毛上的葉片和小嫩枝。

大狗興奮的搖著尾巴，我摸摸牠的頭，狗兒抬起眼睛看著我。

「欸？」我不禁大叫一聲，狗兒的眼睛竟然是一棕一藍的。

「搞不好是隻狼！」瑪莉莎大喊。

我轉過頭，看到她只從營帳踏出一步，手還抓著帆布門，隨時準備溜回去。

「牠不是狼，是狗啦！」我告訴妹妹，又仔細打量著狗兒，「至少我覺得牠不是狼……我的意思是，狼不會這麼溫馴。」

這句英文怎麼說

我不認為牠有什麼危險。
I do not think it is too dangerous.

我撫摸著大狗的頭，搔著牠胸前豐厚的白毛，從牠的毛上取下乾枯的草葉。

狗兒開心的搖著尾巴。

「牠跑到這裡做什麼？」瑪莉莎低聲問，「是野狗嗎？賈斯汀……這狗可能很危險哪！」

狗兒舔著我的手。

「我不認爲牠有什麼危險。」我告訴瑪莉莎。

「可是說不定牠只是狗群裡的一隻，」瑪莉莎警告我，她鬆開營帳的布門，往草地跨前一步，朝我走來。「有可能是野狗群派牠出來當探子的，也說不定狗群有上百隻哩！」

我站起來四處張望，在藍色的霧氣中，我看到空地周圍環著高大陰黑的樹林，低飄在樹梢的半輪月亮在雲霧中散放著暈光。

我努力傾聽著，四周仍是一片寂靜。

「我想這隻狗是單獨行動的。」我告訴她。

瑪莉莎低頭看著狗兒。

「記得爸以前告訴過我們鬼狗的故事嗎？」她問道，「你還記得嗎？那狗會出現在人類的房舍前，而且是隻很可愛的小狗，又甜又黏人，牠會抬頭望著月亮，發出『嗯、嗯』的撒嬌聲，就像在笑一樣。

「鬼狗實在太可愛了，人們會跑出房舍來摸牠，人們一出來，鬼狗就會開始吠叫，召喚牠的鬼狗同伴……

「那些同伴又凶惡又醜陋，牠們會把那人團團圍住，越圍越近，再把那可憐的受害者吞食掉。受害者最後所看到的景象，就是那可愛的小狗抬著頭，對著月亮發出『嗯、嗯』笑聲的甜美模樣……還記得那個故事嗎？」

「不，我不記得。」我對她說，「這好像不是爸爸的故事吧！聽起來不夠精彩，比較像是妳自己編的。」

瑪莉莎自以爲說書功力可以和老爸媲美，可是她的故事都滿爛的。

誰聽過會笑的狗啊！

瑪莉莎又朝著狗和我前進一步。我打了個寒顫，林子裡的空氣又濕又冷，穿著睡衣，光著腳丫子，實在有些令人受不了。

這句英文怎麼說

牠不是野狗。
It is not a wild dog.

「如果牠是野狗，有可能很危險。」瑪莉莎又說了一遍。

「牠看起來相當溫馴。」我說著又去摸狗兒的頭。當我的手滑到狗的項背時，觸到了一塊硬硬的東西。

一開始我還以爲是另一片沾在狗毛上的枯葉，於是用手圈住那塊東西。但那不是葉子，而是項圈——一條皮製的項圈。

「牠不是野狗，」我告訴妹妹，「牠有項圈，一定是人養的。」

「也許牠走失了。」瑪莉莎說著在狗兒旁邊跪下來，「或許狗狗的主人正在森林裡找牠。」

「也許吧。」我同意道。我把項圈翻到厚毛外，狗兒轉過頭來舔我的手。

「項圈上有身分證明或號碼嗎？」瑪莉莎問。

「我就是在找啊……」我回答，「哇，等一下，項圈下有塞東西耶！」

我拉出一團摺起來的紙，就著暈光，攤開紙張來看。

「是張字條。」我告訴瑪莉莎。

「也許上面有主人的住址或電話號碼。」瑪莉莎說。

我繼續把紙攤開，把字條拿到面前來看。

「上面說什麼？」瑪莉莎問。

我默默讀著上面的字跡，接著驚訝的喊出聲來。

「賈斯汀……上面到底寫些什麼？」瑪莉莎再次追問道。

這句英文怎麼說

瑪莉莎想從我手上搶過紙條。
Marissa tried to grab the note from my hand.

7.

瑪莉莎想從我手上搶過紙條，可是被我閃開了。

「字條很短。」我告訴她，又把紙條拿高，大聲朗讀著：「我知道你們爲什麼到這裡，請跟著銀狗走。」

「銀狗？」瑪莉莎低頭望著狗兒，「銀狗？」

狗狗的耳朵豎了起來。

「牠聽得懂自己的名字耶！」我說，並快速瞄了紙條一眼，看看自己有沒有漏看了什麼。不過紙條上只寫這麼多了，末端沒有署名，什麼都沒寫。

瑪莉莎從我手上拿過紙條，自己重念了一遍：「我知道你們爲什麼到這裡……」

我打了個哆嗦，藍色的霧氣已降到我們身邊了。

「我們最好把紙條拿給爸爸看。」我說。

瑪莉莎表示同意。我們轉身趕回帳篷，我回頭瞄了一眼，確定狗兒沒有離開。銀狗已經走到一片長草邊，沿著草地周邊聞了起來。

「快點。」我低聲對瑪莉莎說。

我們兩人來到老爸的睡袋旁，只見他仰躺著，睡得很熟，嘴巴還不時呼嚕出聲。我跪在老爸身邊，「爸？爸爸……」

他一動也沒動。

「爸，起床了！有重要的事啊……爸！」

瑪莉莎和我一起對他大叫，可是老爸睡得跟豬一樣，壓根兒就聽不見。

「去搔他鬍子，」瑪莉莎建議道，「有時會管用的。」

於是我搔他的鬍子。

可是沒有效，老爸打了個呼，翻過身繼續睡。

我湊到他的耳邊喊道：「爸！爸……」

這句英文怎麼說

藍色的霧氣已降到我們身邊了。
The blue fog lowered around us.

接著我想搖晃他的肩膀，可是他的肩頭被睡袋包著，根本抓不住。

「爸，拜託你醒醒啦！」瑪莉莎懇求道。

老爸呻吟了一聲。

「醒了！」我大叫道，「爸爸……」

不料他一個翻身，又繼續睡覺。

我轉過頭，看到瑪莉莎已經爬回營帳門口，她望著外面回報：「銀狗朝森林走過去了，我們該怎麼辦？」

「去穿衣服。」我催促道，「快！」

我們兩個穿上牛仔褲和運動衫，我套上登山靴，突然發現另一隻鞋的鞋帶上有個結。

等我套上第二隻靴子時，瑪莉莎已經回到外頭了。

「銀狗呢？」我匆匆趕到她身邊問道。

瑪莉莎指著越來越濃的霧，雲朵掩住了月亮，天際一片昏黑，能見度低到幾乎是零。

不過我察覺到大狗緩緩朝著樹林走去。

「牠要走了！」我驚叫道，「我們得跟著牠才行。」我說著跑了過去。

瑪莉莎卻退了回來，「爸不來不行，我們不能跟過去。」她堅持道。

「可是有人想幫我們忙哪！」我叫道，「有人知道『失落的傳說』在哪裡，他們派狗狗來帶領我們。」

「說不定是個陷阱。」瑪莉莎堅稱道，「某種邪惡的陷阱。」

「可是，瑪莉莎……」

我在濃霧中尋找。

狗兒呢？

我幾乎看不見，牠已經走到空地遠處的林邊了。

「還記得爸爸跟我們說過的森林小妖精嗎？」瑪莉莎問，「小妖精在森林裡沿途擺設花朵及糖果，當小孩子循著走時，就會掉到『無底洞』裡，此後一生都在墜跌……記得嗎？」

「瑪莉莎……拜託妳啦！」我懇求她，「別再跟我講故事了，銀狗都要走了。」

這句英文怎麼說

我察覺到大狗緩緩朝著樹林走去。
I spotted the big dog loping slowly toward the trees.

「可、可是……」她結結巴巴的說，「爸不會讓我們自己在森林裡亂跑的，你很清楚他不會答應的，我們會倒大楣的。」

「如果我們找到『失落的傳說』呢？」我回道，「我們就不會惹麻煩了……不是嗎？」

「不！絕對不行！」瑪莉莎將手交疊在胸前抗議道，「我們不能去，絕對不行，賈斯汀。」

我嘆口氣，搖了搖頭。

「我想妳說的沒錯。」我輕聲說道，「讓狗狗走吧，我們回去睡覺好了。」

我把手放在老妹肩上，帶著她回帳篷。

8.

「你瘋啦？」瑪莉莎大叫著從我身邊扭開，「我們不能放狗狗走，牠可能會帶我們找到『失落的傳說』啊！」

老妹抓住我的手，使勁拉著我跑了起來，拖著我跑過空地。

我一邊跑在她身後，一邊極力掩飾臉上的竊笑，不敢讓她瞧見。我早料到瑪莉莎會上我的當了，激將法對她一向有用。

如果我眞的想做一件事，只要說：「我們還是別做吧！」就成了。

瑪莉莎老愛跟我唱反調，屢試不爽。所以想讓她照我的意思去做，眞是易如反掌。

「爸說我們都不幫忙，」她嘀咕著，「他還擺臉色給我們看，只因爲我們

這句英文怎麼說

我們兩個在黑暗中搜尋著。
We both searched the darkness.

沒去撿柴……如果我們找到『失落的傳說』呢？那我們就算幫他一個天大的忙囉！」

「天大的忙。」我重述道。

我想像自己和瑪莉莎將裝著「失落的傳說」的銀箱子交給爸爸的情景，想像老爸驚訝的表情，接著又幻想他微笑的模樣。

我想到我們三個上電視新聞，想像自己告訴所有人我和妹妹是如何找到價值連城的古老手稿——而且沒得到老爸的任何援助喲！

我的靴子重重的踏在軟地上。當我們來到森林邊緣時，我停下腳步。

「還有一個問題。」我對瑪莉莎說。

她快速轉過身，「什麼問題？」

「狗狗呢？」

「呃？」她轉頭看著林子。

我們兩個在黑暗中搜尋著，但銀狗已經消失無蹤了。

9.

霧氣纏繞在陰暗的樹林頂端，雲朵仍掩著月亮。

瑪莉莎和我一邊望向黑暗處，一邊豎耳聆聽。

我嘆了口氣，覺得非常失望。

「我想我們的冒險還沒開始就已經結束了。」我咕噥道。

但是我錯了，一聲響亮的犬吠將我們兩個嚇得驚跳起來。

「嘿——」我大叫。

銀狗又吠了一聲，牠是在叫喚我們！

我們走在林間，循著聲音前行。

我的靴子陷在軟軟的土裡，在高大的林木間穿行，感覺天空看起來更黑了。

這句英文怎麼說

我們應該帶手電筒的。
We should have brought a flashlight.

「我們兩個得緊跟在一起，」瑪莉莎哀求道，「好黑呢……都看不清楚。」

「我們應該帶手電筒的，」我說，「先前走得太匆忙了，根本沒想到要……」

突然間，一聲巨大的劈啪聲令我停下腳步，那是腳爪重重踏在枯葉上的聲音。

「這邊。」我催促瑪莉莎，並朝聲音轉過去，「銀狗就在前面。」

我還是看不見銀狗，不過我聽見牠的腳步踏在林地枯枝上的聲音。

狗兒已經轉向左邊，循著穿過林子的窄徑走過去。我鞋下的地面變硬了，在和妹妹穿過一片濃密的荊棘時，我們雙雙用手臂擋在面前。

「唉喲！」尖刺的荊棘刺穿我的外衫袖子，我忍不住大叫起來。

「銀狗要帶我們去哪兒？」瑪莉莎尖聲問道。

我知道她努力想保持冷靜，可是我聽得出她的聲音裡透著恐懼。

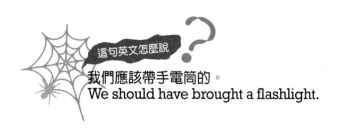

「牠要帶我們去見一個想幫助我們的人……」我提醒瑪莉莎，「帶我們去見一個能使我們發財成名的人。」

「哇啊！」我從手腕上抓下一根芒刺。

我希望自己說的沒錯，希望那張紙條說的是真的，希望銀狗會帶我們到一個美麗的境地。

腳步聲突然急轉到前方，我看不見路了——事實上，我連三呎之外的地方都看不清楚！

我們繼續將手擋在前方當盾牌用，推著濃密的長草向前挺進。

「狗狗的速度變快了。」瑪莉莎喃喃說道。

她說的沒錯，我聽見銀狗的腳步快速的奔過地面。於是瑪莉莎和我邁開步伐努力追趕。

在沙沙作響的腳步聲外，我聽見銀狗重重的喘息聲。

霎時，一陣亂翅聲——許多低飛而來的翅翼——逼得我東閃西躲。

「那是鳥嗎？」瑪莉莎叫道，她重重的嚥著口水，又說：「還是蝙蝠？」

我還聽見振翅聲，只是這會兒已經飛遠了，那聲音聽得我頭皮發麻。

好多揮拍振動的翅翼啊！

「是鳥，」我告訴瑪莉莎，「是鳥沒錯。」

「鳥哪會在夜裡那樣飛？」她問。

這句英文怎麼說

鳥哪會在夜裡那樣飛？
Since when do birds fly like that at night?

我沒回答，只是傾聽著前方銀狗的腳步聲，牠的步伐似乎慢下來了。

我們跟著聲音穿過樹叢的空隙，接著來到一片寬大空曠的草地上。

當我們走到草上時，雲層自月前退開了，野草在月光的照射下，發出鑽石般的晶光。

我從草上抬頭望去，不由得驚懼的倒抽一口冷氣。

瑪莉莎抓著我的臂膀，恐懼的張大了嘴。

「怎麼會這樣！」我大叫道。

我瞪著站在我們前方幾碼的東西。

那不是狗……不是銀狗！而是一隻有著棕黑色斑點的鹿。

雄鹿的鹿角捲曲而上，在月光下閃閃發光。

我們跟錯動物了！

這下慘了，我們迷路了……

10.

那頭巨鹿望著我們，扭頭走過草地，到空地另一邊的樹林裡了。

我震驚得站在原地，只能楞楞的看著牠消失，接著我轉頭對著妹妹，勉強擠出話來：「我、我們犯了個很嚴重的錯誤……我還以爲牠是銀狗，眞的。」

「別慌啊！」瑪莉莎緊緊挨在我身邊說。

風颳得長草彎腰作響，我聽到身後的林子發出了低吟般的聲音，努力不去理會。

「妳說的對，我們不能慌。」我嘴上同意，雙腳卻不聽使喚的發著抖，口裡也突然乾得像棉花一樣。

「我們折回剛才走來的路嘛……」瑪莉莎說，「我們並沒有走很遠，找回原

這句英文怎麼說

這座森林綿延好幾百哩！
This forest goes on for miles and miles!

路應該不會太難才對。」

她四下看看，「我們是從哪邊來的？」

我轉過身，「是那邊嗎？」接下來又指著說：「不對，是那邊嗎？也不是……」其實我也不確定。

「看來我們完蛋了。」我說。

「我們爲什麼要這麼做？」瑪莉莎抱怨道，「我們怎麼會這麼笨？」

「我們以爲這是在幫老爸的忙。」我提醒道。

「現在我們也許再也見不到爸爸了！」她哭道。

我想出聲安撫她，話卻卡在喉嚨裡。

「這座森林綿延好幾百哩啊！」瑪莉莎繼續說道：「這整個國家搞不好都是森林，我們永遠也找不到人來幫我們的，我們……我們還沒走出去之前，說不定就被熊或其他野獸吃掉了。」

「別提熊啊……」我哀求道，「這座森林裡不會有熊的對吧？」

我發著抖，爸跟我們講過很多結尾都是小孩被熊吃掉的故事，他似乎很喜歡這種結局。可是，我從來就不喜歡。

風將野草吹往另一邊，我聽到遠處再次傳來振翅聲。

除了振翅聲，我還聽到另一種聲音。

是狗叫聲嗎？還是我在幻想？

我努力傾聽著，又聽到了一次。是狗叫聲沒錯！

我轉身看到瑪莉莎臉上的喜色，可見她也聽見了。

「是銀狗！」她大喊道，「銀狗在叫我們哪！」

「我們走！」我大聲說。

我又聽見一串長吠，銀狗真的是在呼喚我們。

我們火速轉身朝聲音奔去，衝回林子裡，穿過高大的樹叢，躍過傾倒的木幹，朝著吠叫聲奔去。

我們跑啊跑，盡全力衝刺。直到地面突然消失，腳下露出一個大洞。

緊接著我們往下掉落……

「天哪——」我發出長串的驚呼，「是無底洞！」

這句英文怎麼說

除了振翅聲，我還聽到另外一種聲音。
And over the whisper of the wings, I heard another sound.

11.

我的手肘和膝蓋重重的摔到地上。

「媽呀！」當我們的臉撞在潮濕的地面時，我哀叫了一聲。

到底了——很硬實的洞底。

我瞄了瑪莉莎一眼，她已經站起來，正忙著拍掉牛仔褲膝蓋上的枯葉。

「你剛才在鬼叫什麼？」她問，「我沒聽清楚。」

「呃……沒什麼啦。」我咕噥著，「只是隨便亂喊而已。」

我往上頭瞄了一眼。瑪莉莎和我摔到一道短短的陡坡下了，我們大概跌了三、四呎深吧。所以……不能算是無底洞啦！

我將身上拍乾淨，希望瑪莉莎沒看到我有多糗。

當我們爬回坡上時，銀狗正在等我們。牠揚著頭，用一棕一藍的眼睛瞅著我們，彷彿在說：「怎麼搞的？你們兩個小笨蛋就不能好好跟過來嗎？」

我們一爬到坡頂跟牠會合時，銀狗便轉身大步慢跑起來了，同時搖著毛絨絨的白尾巴。牠每跑幾步，便回頭來確定我們是否跟上了。

那一跤摔得我心有餘悸，雖然跌得不深，我的膝蓋卻撞得很重，到現在還在發疼，而且我的心跳還是很急。

我搖搖頭，心想都是老爸和他那些故事害的。

無底洞……我怎麼會瘋狂到以為是無底洞？

這該怎麼說呢……還有比深更半夜、跟著一隻大白狗在布瓦尼亞的森林中穿梭還瘋狂的事嗎？也許等我和妹妹把這件事了結後，就能跟我們的朋友大談「兩個超級笨小孩」的傳說故事了吧！

又或者，我們會找到保存「失落的傳說」的銀箱子——接著變得既有錢又出名，讓老爸臉上有光。

這些都是我和妹妹在跟著銀狗穿梭於林間曲道時，所產生的各種念頭。狗兒

這句英文怎麼說

你們兩個小笨蛋就不能好好跟過來嗎？
Why can't you two jerks keep up with me?

在樹林雜草間行動自如，我們則在後面苦追著，生怕再次跟丟。

幾分鐘後，我們停在一大片長草地上。瑪莉莎和我停下來，看著銀狗越過草地，抬著腳又跳又躍，跑到草地另一端的小屋旁邊。

小屋在月光的照映下泛著銀灰色澤，屋上有一道窄門，紅色的斜頂下有扇方型的窗戶。

小屋旁有座石造的火爐，大概像是烤肉架之類的吧。我看到火爐旁邊有一小堆疊放整齊的薪柴。屋子裡沒有燈光，也看不出有人住在裡頭。

銀狗對著小小的屋子做人立狀，並用嘴去推門，便消失在屋裡了。

瑪莉莎和我在空地上遲疑不前，我們看著小屋，等著看有沒有人出來，那門依舊維持著半開的狀態。

我們走近了幾步。

「銀狗就是想帶我們來這裡。」瑪莉莎呢喃著，眼睛直盯著小屋。「銀狗似乎很開心能回到家，你有沒有看到牠走路時的得意模樣？你想那個想幫助我們的人會在裡面嗎？」

「只有一個辦法能找出答案。」我回答。

「那小屋看起來好像童話故事裡才會出現……就像爸爸講的那些老故事中的一樣。」瑪莉莎說著放聲大笑，但似乎有些勉強。「說不定它是餅乾和糖果做的咧……」

「是哦。」我翻著白眼說。

「你記不記得有個故事……」瑪莉莎才開口。

「拜託妳好不好……別再講故事了！」我懇求她，「走吧，我們去瞧一瞧。」

我們走到小屋前，整棟建築只比我們高了幾呎而已。

「哈囉？」我喊道。

沒人回答。

「有人在家嗎？」我稍稍提高聲音喊道。

還是沒人回答，於是我再試一次。

「哈囉？有人在嗎？」我大聲喊著，還用手圈在嘴上。

我推開門，瑪莉莎跟著我走了進去。

這句英文怎麼說

說不定它是餅乾和糖果做的。
Maybe it's made out of cookies and candy.

我們發現自己置身在一間溫暖的廚房裡，小桌上的燭光在牆面上搖曳不定。我看到水槽邊的流理台上有條香脆的麵包，旁邊還擺了一把切刀。

燒柴的火爐上有個大黑鍋，裡頭正在煮東西，飄出來的香甜氣息瀰漫了整間廚房。我沒時間看任何其他東西，因爲當我朝小廚房踏前一步時，一個人影從後面的房間衝了進來。

那是個穿著飄逸灰色長服的壯碩女人。她綠色的眼眸炯炯有神，額前飄著金色的瀏海，圓鼓鼓的臉頰邊垂著長長的辮子。

女人頭上戴著頭盔，圓錐型的頭盔兩邊還長著兩隻角，就像古代的維京族人或歌劇裡的人物一樣。她的手臂極粗，還有堅實的肌肉，每根手指上都戴著閃閃發光的戒指，胸口掛了一個鑲著沉重寶石的圓形勳章。

她很快的衝過瑪莉莎和我身邊，綠眼散放著凶光，嘴角露出邪邪的笑容。

女人用力將小屋的門關上，並用背部頂住門。

「抓到你們了！」女人高聲叫道，接著頭一仰，發出一串得意而難聽的笑聲。

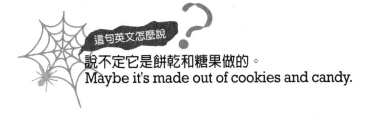

12.

她冷酷的笑聲最後變成了咳嗽，綠眼睛裡的燭影對著我們閃閃發亮。女人一臉飢餓的緊盯著我們。

「放我們走！」

我很想大聲喊出這句話，可是張嘴卻只擠出細若蚊蚋的聲音。

瑪莉莎率先行動，她衝到門邊。

我強迫自己發軟的雙腿跟進，緊跟在妹妹身後。

「放我們出去！」我終於尖聲叫出來了，「妳不能把我們關在這裡！」

壯碩女人臉上的笑容消失了。

「別緊張，小鬼！」她朗聲道，嗓音低沉有如洪鐘。「我只是在開玩笑而已。」

這句英文怎麼說

對不起，我實在很沒有幽默感。
Sorry. I have a bad sense of humor.

瑪莉莎和我張大嘴問：「什麼？妳再說一次。」

「對不起，我實在很沒有幽默感。」女人說，「大概是在森林裡住久了吧，我忍不住喜歡開點惡劣的玩笑。」

我還是沒聽明白。

「妳是說……妳並沒有把我們關起來？」我顫聲問道，「妳沒有抓住我們嗎？」

女人搖搖頭，頭盔上的角也跟著搖來晃去，我突然覺得她很像一頭大灰牛。

「我沒抓住你們啦，我派銀狗去，這樣才能幫你們。」她指著爐子說。

我看到大白狗已經在爐子旁躺下來，正低頭舔著自己的前爪，不過眼睛還是看著瑪莉莎和我。

老妹和我還是緊挨在門邊。這女人好詭異，而且挺嚇人的。

她既壯碩，聲音又洪亮，一副很猛的樣子，角盔下的一雙綠眼睛還散放著凶光。她是不是瘋啦？

她引我們到這兒，真的是想幫我們嗎？

「森林裡發生任何事我全都知道。」她神祕兮兮的說。

女人抬起手，將鑲著寶石的徽章拿到面前端詳。「我有辦法看到各種事，沒什麼能逃過我的法眼。」

我瞄著瑪莉莎，她害怕的瞪大了眼睛，緩緩伸手過去找門。

銀狗在爐子邊打著呵欠，將頭垂到兩隻爪子之間。

「你們叫什麼名字？」女人把沉重的徽章放回胸前大聲問道。「我叫伊娃娜。」

「你知道伊娃娜是什麼意思嗎？」女人瞇眼看著我說。

我清清喉嚨答道：「嗯……不知道。」

「我也不知道！」說完，女人仰頭再度爆出一串長笑，徽章在她胸口上跳呀跳，頭盔差點從金髮上掉下來。

廚房裡雖然暖和，我卻全身發抖。我們在寒冷的森林裡走了那麼遠的路，寒意一時還無法散去。

「你們兩個看起來快凍壞了。」伊娃娜打量我們的臉說，「我想我知道你們

這句英文怎麼說

森林裡發生任何事我全都知道。
I know everything that happens in this forest.

需要什麼了，你們需要喝碗熱湯，坐吧。」她指著房間角落裡的一張小木桌和兩張椅子說。

瑪莉莎和我有些猶豫。我不想離開門口，而且我們兩個還在思考怎麼從門口逃出去的事。

「我爸爸……」瑪莉莎低聲說，「爸爸會來找我們，他可能隨時都會到這裡來。」

伊娃娜走到爐邊，「你們爲什麼不帶他一起來？」她問，並從櫃子裡拿出兩只碗。

「我們沒辦法叫醒他。」我衝口說道。

瑪莉莎憤憤的瞪了我一眼。

「他睡了就叫不醒，是嗎？」伊娃娜背對著我們，從黑鍋裡舀湯到碗裡。

我緊依著瑪莉莎低聲說：「要逃就趁現在。」

瑪莉莎轉到門邊，又轉回身喃喃說道：「我好冷，而且那湯聞起來好香哦！」

「坐吧。」伊娃娜用她低沉而洪亮的聲音說。

我率先來到小木桌前，妹妹和我在硬梆梆的椅子上坐了下來。

伊娃娜將熱騰騰的湯碗放在我們面前，一雙綠眼跟著微笑發光。

「熱的雞麵湯，喝了會暖起來，這樣你們才能接受測試。」

「啊？測試？」我不禁叫道，「什麼測試啊？」

「快喝、快喝，把身子暖一暖。」伊娃娜一邊命令著，一邊走回爐子邊。

她彎身拍著銀狗的頭，我把湯匙遞到嘴邊吹一吹，喝了一口。

眞好喝！這湯在乾澀的喉嚨裡，感覺如此暖熱、溫潤。

我又喝了幾口，瞄著桌子對面，瑪莉莎似乎也很喜歡喝。

我正拿起一匙麵放到嘴邊，伊娃娜卻從水槽邊轉身面對我們，她瞠眼且張大了嘴，用顫抖的手指指著我們。

「你……你們還沒吃吧……有嗎？」她問。

「呃？」瑪莉莎和我倒抽了一口氣。

「不論你們做了什麼……千萬別吃啊！」伊娃娜大叫道，「我……我剛剛才想起來那裡頭有毒！」

這句英文怎麼說

湯裡沒毒，不過先別吃。
The soup isn't poison. But don't eat it yet.

13.

湯匙從我手上掉下來，咚的一聲落在碗裡。我揉著肚子，等著它開始發疼。

我望望瑪莉莎，只見她翻著白眼。

「又在開玩笑啦？」瑪莉莎問伊娃娜。

「是啦！」伊娃娜開心的承認道，接著又笑到不行了。

我重重的嚥著口水。我怎麼會沒想到這女人又在開無聊的玩笑？我最討厭瑪莉莎比我搶先一步了！

「我早知道了。」我嘀咕著。

伊娃娜走到桌前，徽章隨著她的步伐在胸口跳動。

「湯裡沒毒，不過先別吃，我想先『讀』一下那些麵條。」

「妳說什麼？」我不解的問。

伊娃娜彎身將臉湊到我的碗上，熱氣都衝到她臉上了。

「雞湯裡的麵條可以算出你的命運。」她一臉神祕的輕聲說著。

她研究著我碗裡的麵條，又去看瑪莉莎的。

「嗯……嗯……」她一直重複說，「是的，嗯……嗯……」

伊娃娜終於站起來，兩隻粗壯的手臂往胸口一疊，臉頰被湯裡的熱氣蒸得都紅了。

「吃呀！現在可以吃了……趁還沒涼之前快吃吧。」

「妳看到什麼了？」我問，「麵條有沒有顯示什麼？」

她的表情變得嚴肅起來。

「你們得在早上接受測試。」她回答，「我說的沒錯，我知道你們到這森林裡的目的，我知道你們在找什麼。」

她將頭上的頭盔擺正，「我可以幫你們，可以幫你們找到它，不過你們得先接受測試。」

這句英文怎麼說

她研究著我碗裡的麵條。
She studied the noodles in my bowl.

「呃……什麼樣的測試？」我問。

「生存測試。」她眼睛發亮的回道。

「我就怕會這樣……」我大聲嚥著口水咕噥道。

「如果我們不想接受妳的生存測試呢？」瑪莉莎問。

「那麼你們就『永遠』找不到銀箱子！」伊娃娜激動的說。

我驚呼一聲。

「哇啊！妳真的知道我們在找什麼耶！」

「森林裡所有的事我全知道。」她點點頭說。

「可、可是……我們需要爸爸！」瑪莉莎支支吾吾的說。

伊娃娜搖搖頭，「沒時間了，你們代他接受測試吧！別擔心，測試並不難，如果你們還活著的話。」

「呃？如果我們還活著的話……妳又在開玩笑了嗎？」我虛弱的問道。

「不是。」伊娃娜搖頭回答，「我不是在開玩笑，夢幻森林測試的事，我絕不會亂開玩笑。」

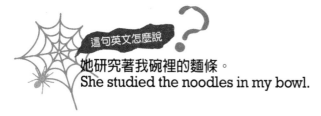

我手上正拿著湯匙，卻任由它掉到桌上。

「夢幻森林？在哪裡？那是什麼？」

伊娃娜張嘴想回答，但還來不及說，小屋的門便一下被打開了。

我感到一陣冷風灌了進來，緊接著一隻凶猛、覆著黑毛的東西踉踉蹌蹌的以四隻腳走進來，牠低聲吼著，用凸起的黑眼四處搜尋房間。

接著牠突然露出參差不齊的牙齒，大吼一聲，跳過來攻擊我們。

14.

這句英文怎麼說

我想滾開。
I tried to roll away.

我尖叫著想要避開，不料椅子一倒，人也跟著跌落下來。

椅子碰的一聲撞在地板上，我則側身跌了下去。

我想滾開，但那隻咆哮不已的東西用牙齒咬住了我的腿。

「哎呀！」我尖叫出聲，並聽見伊娃娜大聲吼道：「趴下，魯卡！趴下，下來，魯卡！走開！」

那東西咕嚕一聲，放開我的腿，喘著氣退開了。

我掙扎著爬起來，同時看向那隻氣喘吁吁的東西——牠有張人的臉孔，以後腳站立時，看起來幾乎跟人類一樣，只是牠長了厚厚的黑毛。

「退下，魯卡！」伊娃娜尖叫道，「退下！」

那東西順從的慢慢退開。

「你們別怕魯卡，」伊娃娜轉身對我說，「他是個乖孩子。」

「他……他到底是什麼？」我揉著自己的腿問道。

「我也不確定。」伊娃娜回答，並對著那毛絨絨的東西笑了笑。

魯卡上上下下的跳著，一邊咧嘴笑，一邊呼嚕作聲。

「他是被狼群帶大的，」伊娃娜接著說，「但他是個乖男孩。對不對？魯卡。」

魯卡點點頭，他張開嘴伸出舌頭，像狗一樣的喘著。

伊娃娜拍拍他蓬鬆的長髮。

魯卡從伊娃娜身邊跑開，再次朝我走來。他嗅嗅我的運動衫和牛仔褲，再爬到桌下去聞瑪莉莎的登山靴。

「走開，魯卡！」伊娃娜命令道，轉而面對我說：「他是個好男孩，只是太好奇而已。他會靜下來的——等他認識你之後就會安靜下來了。」

「認識我們？」瑪莉莎問道，看著魯卡快手快腳跑到爐子旁的銀狗身邊。

「當你進入夢幻森林後，魯卡會幫你們大忙的。」伊娃娜笑著說。

這句英文怎麼說

他是被狼群帶大的。
He was brought up by wolves.

「他要跟我們一起去啊？」我大聲問。

伊娃娜點點頭。

「他會當你們的嚮導，並且保護你們。」伊娃娜一臉正色的說，接著又柔聲補充道：「你們得設法盡力取得援助。」

我們很快喝完湯，銀狗和魯卡在火爐邊看著我們。

等我們喝完後，伊娃娜便領著我們來到後面的一間小房間，房裡除了兩張窄小的帆布床外，什麼都沒有。

「你們就睡這兒了。」她堅決的說。

「可是我爸爸……」

瑪莉莎才開口，伊娃娜便舉手要她住嘴。

「你們想找到銀箱子對吧？你們想給父親驚喜、讓他感到驕傲，不是嗎？」

瑪莉莎和我點點頭。

「那麼你們就得接受測試，如果過了關，我就會告訴你們如何找到銀箱子。」

她在每張帆布床上各丟了一條粗毯子。

「快睡吧！」伊娃娜指示道，「測驗一早就開始了。」

我悠悠醒轉過來，伸著懶腰，轉身想將毯子拉開……

然而毯子不見了！

是我把它踢到地上了嗎？

我眨眨眼，想將睡意自眼中趕走。

我睡了多久啊？

屋子裡灑滿了陽光。

我打著呵欠坐起來，正想下床……可是床也不見了！

「啊——」當我發現小屋也不見時，不禁大叫起來。

「我在哪裡？」

我端坐在草地上，全身衣服穿得妥妥貼貼的。我眨眨眼，讓眼睛適應強烈的晨光，草地仍閃著濕亮的露珠。

我口乾舌燥的站起身，一臉不知所措。

這句英文怎麼說

是我把它踢到地上了嗎？
Had I kicked it onto the floor?

四周除了森林之外，別無他物。

我腦筋飛快的轉著——伊娃娜說過，測試一早就開始了。

已經開始了嗎？我已經置身在夢幻森林中了嗎？

難道測試在我醒來之前就已經展開了？

我揉著眼睛，轉身去看瑪莉莎。

「我們在哪兒？」我問，聲音還沙沙啞啞的，還沒完全清醒。我清了清喉嚨，「妳想……」

下一秒鐘，我突然住口，倒抽了一口冷氣，因爲我發現瑪莉莎並不在這兒。

現場只剩我一個人了！

一個人在森林的深處……

「瑪莉莎？」我喊道，胸口因慌亂而發緊。

她在哪裡？我又在何處？

「瑪莉莎……瑪莉莎？」

15.

「瑪莉莎……」

我的聲音都破了，喉嚨又乾又緊。

接著我聽到林子裡傳來一聲低吼，以及大型動物沉重的腳步聲。

我轉身面對那聲音，看到魯卡從林子裡跳出來。他像人類一樣用雙腳站立，可是卻像兔子一般用跳的。他搔著腿上的厚毛，對我咧嘴笑著走來。

我沒有報以微笑。

「瑪莉莎人呢？」我問，「我妹妹呢？」

這句英文怎麼說

你覺得他算不算半個人？
Do you think he's part human?

魯卡微微抬起頭瞅著我，露出一臉不解的神色。

「瑪莉莎呢！」我對他尖聲吼道，「瑪莉莎在哪裡？」

「在這裡啦！」

聽見妹妹的聲音，我渾身一震。

「妳在哪兒？」我叫道。

我瞥見她的紅頭髮，接著瑪莉莎便從野生多葉的灌木叢裡探出頭來。

「在這裡。」她重複道：「你還在睡，所以我就先到處看看。」

「妳差點把我嚇死了！」我承認道，接著穿過長長的雜草堆，趕忙走到她身邊。

「我們在哪兒？伊娃娜的小屋子跑哪兒去了？」

瑪莉莎聳聳肩，「我怎麼會知道，我一醒來就發現我們在這裡了。」

魯卡在我們身後吼叫。

我轉身看到他正跟狗一樣的刨著土。

「你覺得他算不算半個人？」我低聲問老妹。

老妹似乎沒在聽我說話，她指著兩棵樹中間說：「我發現那邊有條小路，你想我們是不是應該循著路走？」

「我不知道我們應該做什麼。」我尖聲回答，「伊娃娜有解釋過要給我們什麼樣的測試嗎？沒有；她有沒有告訴我們什麼規則？沒有；有跟我們說我們應該怎麼做才能通過測試嗎？沒有。」

瑪莉莎害怕得瞇起眼睛。

「我想我們應該保住性命，」她輕聲說，「那樣我們才能通過測試。」

「可是我們該往哪裡走？該做什麼？」我又叫道。我知道自己已經失控了，憤怒、恐懼與困惑的情緒同時在我心中翻攪。

魯卡又吼了一聲，他不再刨土，只是直直的立著，就像人一樣，搖搖晃晃的朝我們走來。

如果他把所有的毛剃掉，穿上衣服，頭髮剪一剪，看起來就會像個年輕人了。

我看著他，他開始揮手指來指去。

「他在做什麼？」我問瑪莉莎。

這句英文怎麼說

我想我們應該保住性命。
I think we're supposed to stay alive.

妹妹走到我身邊，也看著魯卡。

魯卡興奮的呼嚕叫著，對我們揮動毛絨絨的手，並用另一隻手猛指著樹林。

「我想他是要我們跟他過去。」我說。

「沒錯。」瑪莉莎同意道，「記得嗎？伊娃娜說他會幫我們帶路。」

魯卡一邊咕嚕叫著揮手，一邊朝森林走了過去。

「我們能信任他嗎？」我遲疑著問道。

瑪莉莎聳了聳肩，「我們有選擇的餘地嗎？」

魯卡來到一條穿越森林的小路上，小徑繞過一片高大的黃葉樹叢，我看到他的頭在樹叢上端冒進冒出，接著就消失了。

「快點！」我拉著妹妹的手，「最好別讓他消失在我們的視線之外。」

我低頭望去，看到草地上有兩個黑色的背包，便彎身抓起一個，並拉開了拉鍊，結果裡頭什麼也沒有。

我把另一個背包交給瑪莉莎。

「這一定是伊娃娜留給我們的。」我告訴妹妹，「裡頭是空的，不過我想我們還是得帶著。」

我們把包包背到背上，跑到小徑上追著又跑又跳的魯卡。

魯卡停下來嗅著一株野草，之後繼續慢慢沿路而行。

我們緊跟在後面，有那麼兩、三回，魯卡回過頭來確定我們是否跟上了。

小路在多刺的雜草及長長的蘆葦間蜿蜒曲折，我們走過一窪映著藍天的圓形小水塘，空氣變得更濕暖了，我的背覺得又熱又刺。

我們進入一片長著平滑白色樹幹的林子裡，那些樹彼此緊密相依，當我燙熱的手觸著滑溜的樹皮，覺得沁涼無比。

「他要帶我們去哪裡？」瑪莉莎低聲問。

我沒回答她，因爲我也不知道，只曉得魯卡帶著我們越來越深入森林裡了。

我們在這片白樹林裡穿梭，來到一大片空曠的草地上，草上冒著小小的灰色石子，細長的白樹幹林木就圍在四周。

我跟著魯卡越過草地，靴子在地上踩得嘎吱作響。我低頭一看，才明白那聲音是怎麼來的。

這句英文怎麼說

它們看起來很像胡桃。
They look like walnuts.

地上覆著許多碩大的棕色堅果，我撿起一顆。

「妳看這個！」我喊道，轉身才看到瑪莉莎也已經撿起兩顆果實。「一定是白樹林上掉下來的。」

「它們看起來很像胡桃，不過這些果子比蛋還大！」妹妹叫道，「我從沒見過這麼大的胡桃！」

「摸起來很燙哩！」我一邊說，一邊看著天空，「大概是被太陽曬的。」

「嘿——哇！」瑪莉莎一喊，我跟著抬眼望去。

我看見一隻灰色的東西從空地上跑過去，一開始還以爲是狗或體型很大的貓，接著發現那是隻松鼠。

牠用前爪抓著一大顆堅果，快速的躍向林子裡，蓬鬆、毛絨絨的灰尾巴像面旗子似的跟在身後搖呀晃的。

魯卡發出一聲嘶啞的吼叫。

我轉過身，看見魯卡站得挺直，眼睛因興奮而睜得斗大。

他又吼了一聲，身體向前一躬，兩手往前伸，追松鼠去了。

那松鼠看到魯卡來了，便丟下果子，全速奔入白林子裡。

魯卡四肢著地，大步追著松鼠。

「不行，魯卡——回來！」瑪莉莎大喊。

「回來！回來呀！」我們兩個一起高喊，「魯卡——回來呀！」

這句英文怎麼說

瑪莉莎的呼喊在林子裡迴旋不散。
Marissa's cry echoed all around the forest.

16.

瑪莉莎和我齊聲呼叫，我們兩個追著魯卡，進入樹林裡。

「魯卡——喂，魯卡！」我叫著，聲音自樹上反彈回來，在我周邊迴盪。

「魯卡——喂，魯卡！」

那呼聲一再重複，大聲的迴響著。

我聽見魯卡在前方低吼，聽見他追著大松鼠穿過林間的吵鬧聲。

「魯卡……回來呀！」瑪莉莎的呼喊在林子裡迴旋不散。

我們在他身後呼喚，卻似林子裡有幾十個人在追他，大聲叫他別追松鼠，趕快回來似的。

我在穿越兩株白樹的間隙時，背包被樹卡住了，不禁「哇」的一聲叫出來。

「噢！」背包將我往後扯，害我一個不穩、差點跌倒。

我實在太笨手笨腳了。

「魯卡！喂……魯卡！」我聽見瑪莉莎在我前方喊叫著。

我又試著穿過兩棵樹，可是背包又被卡住了。我脫下包包，找到另一處較寬的間隙。

幾秒鐘後，我趕上妹妹，她已經停下腳步，正靠在樹幹上大口喘著氣。

「魯卡呢？」我問，「妳有沒有看見他？他往哪兒去了？」

「我跟丟了。」瑪莉莎上氣不接下氣的回道，「連他的聲音都聽不見了。」

我豎著耳朵努力傾聽，林子裡此刻已安靜下來，聽不見任何腳步或低吼聲了。頭頂上的葉片彼此刷動，傳出低語般的輕柔聲響。

「他怎麼可以跑掉？」我說，「他不是應該當我們的嚮導嗎？」

「我想他真的很想抓那隻松鼠吧……」瑪莉莎靜靜的說。

「可、可是……」我都快講不出話來了，「他不能就這麼跑了，丟下我們不管啊！」

這句英文怎麼說

我想他真的很想抓那隻松鼠。
I think he really wanted to catch that squirrel.

瑪莉莎嘆口氣說：「可是他偏偏就這麼做了。」

「我們得找到他才行！」我喊道，「走，我們得繼續往前走，不能讓他……」

瑪莉莎搖搖頭，「我們要怎麼找他？賈斯汀，我們該往哪邊走？」

「我們跟著他的腳印。」我一邊說，一邊低頭看著地上，結果卻看見泥土上覆著厚厚的枯葉，連個鬼腳印也看不到！

「我想他應該是朝那邊走的。」我指著林子說。

瑪莉莎又搖搖頭。

「我倒不這麼認爲。」她離開樹幹，「他走了，賈斯汀。」

我轉過身狂亂的尋找魯卡的身影。

「嘿，那是什麼？」瑪莉莎喊道。

「呃？」我回頭看著她。

「在你後面的口袋裡。」她指著說，「那是什麼東西？」

我疑惑的把手伸到牛仔褲後面的口袋裡，掏出一張摺妥的紙。我的手都是汗，紙都黏上了，不過我還是很快的將紙攤開。

「快念哪！」瑪莉莎叫道。

我的視線掃到紙張末端，「是……是伊娃娜寫的。」我興奮的結巴起來。

我把紙拿穩，朗聲念道：

「親愛的孩子們：

把魯卡留在身邊，那麼你們就能通過測試，別讓他離開你們的視線。小心別讓他跑開——否則你們就完了。」

這句英文怎麼說

我們要怎麼通過測試呢？
How do we pass the test?

17.

瑪莉莎和我慢慢的踱回空地上，野草在微風輕拂下搖曳著，我們的靴子嘎啦嘎啦的踩著草上的大堅果。

我手裡還拿著伊娃娜的信，又看了一遍，希望上面寫的不是那些字，接著氣憤的將紙揉成一團丟開。

瑪莉莎走在我身邊，兩人頂著太陽，渾身是汗。

「如果我們在這裡等，也許魯卡會回來。」瑪莉莎說。

「他才不會回來呢！」我嘀咕道，「搞不好他已經跑到幾哩外去追那隻松鼠了。」

「我們接下來該怎麼辦？」瑪莉莎問，「我們要怎麼通過測試呢？」

我難過的嘆了口氣。

「我們過不了關的，妳沒看紙條上怎麼寫的嗎？我們完蛋了！」

「我們可以試試看哪。」妹妹堅持道。

她穿過空地，我跟在她身後。

我們走了六、七步後，聽到一陣駭人的聲音，那是巨大的裂響，就像鉛筆斷成兩半一樣。接著又是一記劈啪聲——開始是輕輕的，接著越來越響。

我駐足轉身，以爲魯卡會從樹林裡跳回來，可惜只看到高聳的白樹林，沒看見任何人的蹤影。

我又聽到清脆的碎裂聲了，緊接著又是一聲，又來了一聲。

接著我聽到周邊全響起來了。

大地在震裂！那是我第一個想法。我想像大地震裂開來，露出一個大黑洞，是無底洞！我眞希望爸從沒跟我們講過那個故事！

瑪莉莎和我從洞中墜落。

瑪莉莎抓著我的肩膀，指著下面說：「賈斯汀——快看！」

這句英文怎麼說

我真希望爸從沒跟我們講過那個故事！
I wished Dad had never told us that story!

我低頭一望，大地並沒有裂開，但碎裂聲卻從四面八方傳了過來，而且越來越大聲。

「噢！」我驚懼的發現草地在移動時，忍不住驚叫出聲。

我感覺到草地在腳底下移動。

「發生什麼事了？」瑪莉莎大叫，還是抓著我不放。「那聲音……」

劈啪聲越來越響，從地底下傳了出來，現在聽來好像所有的樹都在崩散了，草兒在搖曳彎曲。

「是……是那些堅果！」我對瑪莉莎叫道，「妳看，堅果全爆開了！」

我掩著耳朵擋住爆裂聲，同時看著那些果子在我們腳邊四周跳動、顫抖。

它們一個個爆開來，成千上萬個果子、整個空地上的果子都在爆裂，大地也跟著震動。它們在我們周圍裂成碎片。

我們驚訝的看著爆開的堅果，等瑪莉莎和我看到從果子裡爬出來的東西時，兩人再度害怕得尖聲大叫。

18.

我看到腳下一粒堅果爆開後，裡頭露出參差的牙齒、細小的黑眼睛，以及不停抽動的鼻子。那東西站起來，我看見牠細長的前腿、長著灰毛的細瘦身體，還有那些不斷張咬的牙齒。

「是老鼠！」我勉強叫出聲來。

「成千上萬的老鼠！」瑪莉莎大喊。

整片空地上的堅果紛紛裂開，數量之多，使得草地爲之顫動，看起來有如大地在搖晃。

我傻在當場，看著成群的老鼠在我腳邊孵化，牠們緩緩的掙脫出來，先是伸出頭嗅一嗅，張著利牙咬一咬。

這句英文怎麼說

老鼠又不是從蛋裡孵出來的。
Mice do not come from eggs.

接著堅果側滾過去，裂開來，滑出灰色的身軀，刺一般細黑的腳從空殼子裡踢伸出來。

「那不是堅果——是蛋！」瑪莉莎哀聲叫道。

「可是老鼠又不是從蛋裡孵出來的！」我抗議道。

瑪莉莎抬眼看著我，臉部因恐懼而扭曲變形。

「這句話大概沒人跟這些老鼠說過吧！」

一隻老鼠從我靴子上跑過去，長長的草地上到處是亂竄的老鼠，弄得草地窸窣作響。另一隻老鼠又從我靴子上跑過去。

「我們離開這裡吧！」我對瑪莉莎喊道，並抓住她的手臂。

可是草地上的老鼠數量實在太多了，灰色的身體在我們腳邊蠕動，我們根本寸步難行。

尖銳的叫聲從草地上響起，「吱吱吱」的聲音向我們籠罩過來，越來越響，直至掩蓋了沙沙的草聲，我和瑪莉莎被逼得掩住自己的耳朵。

「吱吱吱……」

「我們得快點逃！」我大聲喊道。

「可是地面全被老鼠佔據了！」瑪莉莎提著嗓子說，「如果我們跑的話……」

「唉喲！」有隻老鼠鑽進我的長靴裡，我忍不住叫出聲來。老鼠細細的腳爪刺透我的毛襪，搔抓個不停。

我彎身把老鼠拎出來，卻看見另外兩隻老鼠咬在我的褲管上。

「嘿……」我努力想把牠們拍走。結果一個沒站好，兩膝竟跪了下去。

笨手笨腳的賈斯汀先生又鬧笑話了。

老鼠紛紛爬到我的手上，我感到有隻老鼠沿著衣袖子爬到我的背上。

「救命啊！」瑪莉莎和我同時放聲大叫。

我轉身看到妹妹彎身抬手、掙扎著想把頭髮上的兩隻老鼠揪下來。

另一隻老鼠咬著她的外衣下緣，還有兩隻爬在她的牛仔褲上，背包上也有好幾隻老鼠。

「救命！哎呀——救命啊！」

我還跪在地上掙扎著站起來，但一隻老鼠鑽進我的運動衫裡，刺刺的爪子爬

這句英文怎麼說

我從耳朵上揪下一隻老鼠。
I pulled a mouse from my ear.

過我胸口，接著我感到背上一陣刺痛。

是老鼠在咬我嗎？鼠群躍上我的肩頭，爬過我的項背，蜂擁到我的背包上。

我狂亂的揮著手，想將牠們從身上揮開。

可是老鼠實在太多了！牠們吱吱叫著、咬著，攀上我的衣服、手腕及頭髮上。

「救命！救命啊——！」

我從耳朵上揪下一隻老鼠，把牠丟過草地。

我感到鼠群鑽入我的衣衫裡，在我的皮肉上爬著，接著又是一記痛咬，讓我忍不住叫出聲來。我面朝下的跌到草地上，跌到更多的鼠群之中。

我拚命把老鼠趕開，又抓又拍的將牠們從身上扯開。

可是老鼠實在太多了，多到令人無法招架。

我轉身看見老鼠成群湧向瑪莉莎的身上，她邊叫邊揮手，四處亂轉，想把老鼠甩掉。我很想幫她，卻怎麼也站不起來。

我全身又刺又癢，吱吱亂叫的鼠群覆在我身上，壓得我站不起來。牠們刺抓著我、咬噬著我，直到我無法動彈，無法呼吸……

19.

「走開！走開！」我終於擠出聲音叫道。

我抹著臉，從臉頰上拍掉兩隻老鼠，從頭髮上扯下一隻吱吱亂叫、扭動不已的老鼠，又從前額上扯下一隻。

我踢腿、揮手，瘋狂的想掙脫鼠群。

「哇呀！」一隻胖灰鼠抓著我的耳朵，我不禁尖聲大叫。

我伸手抓住牠，使勁一捏。

那老鼠哀叫一聲，便昏死過去了。

「咦？」我在牠毛絨絨的灰肚上觸到一個類似硬塊的東西。

我又拍開兩隻老鼠，檢視手裡的那隻。我推推那個小硬塊，老鼠又開始扭動

這句英文怎麼說

瑪利莎從脖子後面用力拉下一隻老鼠。
Marissa tugged a mouse off the back of her neck.

掙扎；再去推那硬塊，老鼠在我手裡一軟，便不再動彈了。

「是開關！」我高聲叫道。

我轉身看著瑪莉莎，她已經跪到地上，幾十隻老鼠蜂擁而上，爬滿她的衣服，又鑽入她的頭髮裡。

「是開關哪！」我對她吼道：「瑪莉莎——去捏它們肚子上的按鈕，就可以把它們關掉了！」

我從脖子上抓下一隻老鼠，往按鈕上一捏，將它關掉。

接著又扯下兩隻，將它們關掉。

「它們不是眞的老鼠！」我開心的大叫，「這些老鼠是假的！它們是小小的機器鼠！」

瑪莉莎站起來，將衣服上的老鼠甩開、關掉。

「好怪哦！」她叫道，「賈斯汀……這實在太詭異了！」

「我們得離開這裡，」我告訴她，「我們得找到魯卡。」

瑪莉莎從脖子後面用力拉下一隻老鼠，將它關掉。

「這是不是測試啊？」她問，「你想我們通過測試了嗎？」

「我不知道。」我一邊回道，眼睛一邊搜尋著樹林，「現在我才懶得管什麼測不測試，只想甩開這些無聊的機器鼠。」

我從褲管上又拍掉兩隻老鼠，伸手去拉瑪莉莎。我從她肩上揪下一隻老鼠關掉，扔了開去。

接下來，我們朝樹林跑去。

鼠群在我們腳下竄動，尖銳的叫聲在我們耳邊迴響著。

我們邁開步伐狂奔，腳底下踩著鼠群，心中卻不在意，因爲我們知道它們只是機器而已，不是眞的。

快抵達空地時，我卻心念一動，突然停下腳步。

我彎身抱起一大把老鼠。

「等一等！」我對瑪莉莎喊道。

她沒聽見，繼續往樹林邊跑。

「等一等，我馬上過來！」我一邊喊道，一邊又抓了幾把老鼠將它們關掉，

這句英文怎麼說

你想我們通過測試了嗎？
Do you think we passed it?

塞進背包裡。

回家後用這些老鼠嚇人，一定很正點！

我對自己說，它們實在太栩栩如生了。

你能想像我在奧森小姐的課堂上放這些老鼠會有多好玩嗎？

我又在袋子裡塞進八、九隻老鼠，再把背包拉上，站起來追著妹妹跑過去。

我回頭望了一下，看到成千上萬的老鼠爬到彼此身上，在草地上繞著圈子奔竄，接著轉身，跟著瑪莉莎跑到安全的白樹林裡。

我盲目的向前衝刺，迫不及待想逃開那塊空地及吱吱亂竄的鼠群。

「瑪莉莎——等一等！」我叫道。

她遙遙領先在前，快速的奔跑著。

「等等啊！」我又喊道。

突然間，我大叫一聲——因爲我全速撞上一棵樹了！

「啊——」

我只覺得氣從肺裡噴出來，接著眼冒金星，那些又紅又金的星星在一片純白

的天空裡亂舞。

我喘著氣，伸手去抓樹幹，卻聽到一記裂響。

那聲音來得如此之大，又如此的近。

是樹！

是我剛撞上的那棵樹——那樹開始倒下去了！

「小心——」我對妹妹喊道。

但是太遲了。

我手足無措的看著高大的白樹傾倒而下——

瑪莉莎雙手一抬，大樹落在她身上，將她壓在沉重的樹幹下了。

這句英文怎麼說

你會痛嗎？
Are you in pain?

20.

「不——」我發出驚恐的叫聲，並看著倒在地上的妹妹。

瑪莉莎面朝下的癱在泥地上，樹幹壓在她的背部和肩上。

她還在呼吸嗎？

我看不出來。

「瑪莉莎……」我啞聲喚著，在她身邊跪下來。「我……我……」

她的身體劇烈的抽動了一下。

瑪莉莎睜開眼斜瞅著我。

「發生什麼事了？」她輕聲問道。

「會痛嗎？」我問，「妳會痛嗎？」

她看著我，彷彿在思考這個問題。

「不……不痛。」瑪莉莎翻轉過來，兩手一撐，將樹幹從身上推開。

「咦？」我吃驚的叫出聲來。

我看到瑪莉莎一臉困惑的樣子。

「樹幹也是假的。」她嘀咕著。

瑪莉莎伸出手，扯下一大塊樹幹。

「大概是塑膠之類的東西做的，」她說，「瞧瞧看，賈斯汀。」

我顫抖著手撕下一塊樹幹。看到瑪莉莎被樹幹壓倒，我仍心有餘悸的渾身發著抖。

我捏了捏那塊樹幹，它就在我手裡化成粉末了。我又拉下另一大塊，是軟灰泥做的。

瑪莉莎站起來拍掉衣服上的灰泥。

「根本就是假的嘛！」她又咕噥道。

「妳想這樹林是不是全都是假的？」我高聲說，「整片林子都是？」

這句英文怎麼說

全是假的！
It is all a fake!

我站起身跑了起來，並將兩隻手往前頭伸直……

我盡全速的跑著，用手推著一棵樹。

那樹幹輕易的裂開了，我驚奇的駐足搖頭看著那棵樹倒落下來。樹撞到另一棵樹，把它也撞倒了；灰泥做的樹幹落地時，碎裂成一團。

「假的，全是假的！」瑪莉莎說，笑意在她臉上蔓延開來，「看起來很有意思。」

她也瞄準對面的一棵樹，跑了起來。

「不行！不能推那棵！」我尖叫道。

瑪莉莎大概來不及收腳，肩膀重重的撞在樹上。

「耶！」看到樹倒下來，瑪莉莎高舉雙拳以示勝利。

可惜她得意不了多久。

白樹倒塌的同時，我也聽見了沉重的振翅聲。

我驚恐萬分的看著黑色的東西從倒落的樹枝上飛了出來。我看過那些蝙蝠，幾十隻黑色的蝠蝙倒掛在樹枝上。

我看見了，卻來不及警告瑪莉莎。

現在安睡中的蝙蝠群因受到驚擾，全都怒吼著飛出來了。

牠們吱吱叫的繞著我們，並開始盤旋。我可以感受到振翅送來的陣陣熱氣。

牠們旋飛著，速度越來越快了。

「蝙蝠也是假的嗎？」瑪莉莎小聲問道。

「我……我想不是吧。」我支支吾吾的答道。

接著蝙蝠群俯衝下來，似乎要置我們於死地。

這句英文怎麼說

我閉上眼睛，用手護住頭部。
I shut my eyes and covered my head with my hands.

21.

瑪莉莎和我身子一低，避開低飛盤繞的蝙蝠。

我閉上眼睛，用手護住頭部，靜靜等候著。

一記低沉的震響掩蓋住蝙蝠尖刺的叫聲。

大地在撼動。

是雷嗎？

又是一聲巨響，先是低沉，而後巨大如爆炸聲。

我抬起頭，看見白樹林在搖擺顫動。

這時蝙蝠不再尖叫了，牠們張著翅翼停在那裡。

另一記雷聲逼得牠們快速逃回天際。我看著牠們拍著翅膀，飛過樹梢，升向

敞亮的天際，直到彷彿消失在陽光之中。

瑪莉莎如釋重負的吐了一口長氣。

「我們安全了。」她緩緩站起來說。

「可是剛才是什麼聲音啊？」我一邊聽，一邊問。

又是一聲沉響，這回來得更近了。

我感到土地在震動，一棵樹晃了幾下，便倒到地上了。

「不可能是雷聲。」瑪莉莎指著天空喃喃說道，「沒有雲，什麼都沒有。」

又是轟隆一聲，而且更近了。

「我……我知道是什麼了。」我結巴了起來。

瑪莉莎轉身看我，另一聲轟隆撼動著林子。

「是腳步聲。」我呢喃道，「朝我們走過來的，我知道那是腳步聲。」

瑪莉莎張大了嘴，「賈斯汀……你又在胡思亂想了，你又來了！」

「不，我沒說錯，」我堅稱道，「是腳步聲。」

妹妹斜眼瞄著我。

這句英文怎麼說

誰的腳步聲會那麼大？
What could make footsteps that loud?

「你是不是瘋啦？誰的腳步聲會那麼大？除非是……」她的聲音逐漸微弱。

又是一聲震響。

我任由自己天馬行空的胡亂想像，根本無法控制自己。我想像有隻恐龍——一隻大暴龍在樹林裡蹣跚而行；或是那種頸子又細又長，身體肥肥的恐龍……

轟！轟！

說不定有兩隻哩！

「不管是什麼，那東西越來越近了。」瑪莉莎低聲說，並搖頭表示：「伊娃娜說這是一場生存的測驗，可是……」

到目前爲止，根本是在測驗我們有多會逃命嘛！

不過我不在乎，我才不會笨到留下來看這隻大怪獸到底是何方神聖呢！

瑪莉莎和我轉身正要往反方向逃跑時，一片陰影籠罩住我們。

我仰頭看看是不是雲朵遮住了太陽，可是卻看不見上頭有雲。

陰影是那隻龐然大物的身影，它正隆隆作響的朝我們身後逼近。

我聽到樹木在它腳下碎裂，大地隨之震動，那沉重的巨大腳步聲緊追在我們身後。

那東西有多高啊？

我回頭望去，卻只見到搖晃不已的樹林。

轟！轟！

我的膝蓋軟成一團，腳下的地面顫動不已。

瑪莉莎和我並肩跑著，氣喘吁吁的全速奔過樹林。

可是我們怎麼也逃不出那片陰影，無論我們跑得多賣力，那片森冷的影子總是如影隨形。

轟！轟！

現在已經靠得很近了，近到每個腳步都震得我跳了起來。

我心跳如擂鼓，太陽穴也脹縮個不停。

瑪莉莎和我逼自己繼續狂奔，我們只想逃，只想逃出這片囚住我們的巨大陰影……

我們一直跑到一條寬大的溪流前。兩人在泥濕的河岸邊停下腳步，看著湍急

這句英文怎麼說

我們怎麼也逃不出那片陰影。
We couldn't run out of the shadow.

的藍色河流。

「現在該怎麼辦？」我上氣不接下氣的問道，「這下該怎麼辦？」

那陰影變得更濃了，可見怪物越來越迫近了。

瑪莉莎拉著我的袖子，「你看，可以看得見河底，看起來好像很淺，說不定我們可以涉水過去，或必要時游過去。」

轟！轟！

陰影更加濃重了。

「走。」我說。

於是我們走進清澈冰涼的河裡。

22.

河水比我想像的還要急，我踏在鬆軟的河床上，水流一沖，還差點摔倒。

我抓住瑪莉莎的肩膀讓自己站穩，我們抱在一起一會兒，先適應一下河水。

「媽呀……」我發著抖說，河水好冰，寒意甚至穿透了我的牛仔褲。

不過正如瑪莉莎所說的，水很淺，只漫淹到我靴子上幾吋而已。

我走了一步，身子前傾，藉此平衡湍急的水流。

又跨出了一步，我們兩個已經走了一半路。

「哎呀——」我大叫一聲，發現自己沒辦法再踏出下一步了。

「嘿……」瑪莉莎大叫，我看到她也在掙扎，「我陷住了！」

「河底太軟了！」我一邊叫著，一邊努力把腳從泥裡拔出來。

這句英文怎麼說

河水比我想像的還要急。
The water flowed faster than I thought.

可是陷住了，我的靴子陷在泥淖般的河床裡。

我彎下身用力拔，努力抽回自己的腿，可是腿一動也不動。

我用兩手抓住腿，想要把腳從泥床裡拔出來。

但是都沒有用。

「我們……我們在往下沉！」瑪莉莎發出一聲慘呼，「賈斯汀——你看！我們在快速的往下沉啊！」

我重重的嚥著口水。老妹說的沒錯，我已經感到自己被往下拉，沉入冰冷的水中，沉向軟黏的泥裡。

河水目前淹到我的膝蓋，而且似乎正快速的往上漲高。

不過我知道不是河水在上漲，而是自己在往下陷落。

「脫掉靴子，用游的！」我指示瑪莉莎。

我們倆彎下身，拚命去摸靴子，但靴子實在陷得太深了。

水漫到我的腰際，如果我再繼續往下沉的話，要不了幾分鐘，水就淹過我的頭部了。

轟！轟！

如雷的腳步聲震得水面漣漪橫生，濃黑的影子覆在河面上。

「賈斯汀——你看！」瑪莉莎指著河岸另一面大叫。

我轉身看著河岸——明明如此的近，卻又遙不可及。

我斜眼望向陰影，看看瑪莉莎究竟在看什麼。

「那是什麼？」我叫道。

「一個大塞子。」瑪莉莎回道，「在河底，就像浴缸裡的排水孔一樣，這條河也不是真的，是假的。」

「這水感覺很真啊！」我一邊叫道，一邊感覺自己更陷入泥中了。「妳能不能拉到塞子？瑪莉莎，如果妳能把它拉起來，也許水就可以排掉了。」

瑪莉莎向塞子探過去，彎到腰際，她伸長兩隻手去抓塞子頂端的扣環。

「我——我在試啦！」她說，「要是能再……」

轟！轟！

瑪莉莎嘆口氣說：「不行，我拉不到……太遠了。」

冰冷的河水漲到我胸口來了，我覺得自己陷得更深了。

「我想我們通不過伊娃娜的測試了。」我低聲說。

「不——」瑪莉莎哀號著，開始用手撥水，且忽東忽西的扭著身體。

越來越濃的陰影籠罩在我們上方，我轉身望向河岸，看到那東西朝我們走來。我張大了嘴，發出驚駭、刺耳的尖叫——

這句英文怎麼說

這水感覺很真啊！

The water feels plenty real!

23.

一開始我以爲自己看見的是低飄在樹梢的黑雲。

接著，我發現那忽上忽下的東西太黑了，不可能是雲，它們太黑也太密實了。

我還看到了兩對黃色的眼睛。認出那些頭的形狀，才發現自己看到的是貓，而且不止一隻！

黑色的貓——牠們巨大的頭顱高出了林子頂端，尾巴聳捲在上方，有如煙囪裡冒出的濃煙一樣。

兩隻巨大的黑貓腳掌重重的踩在森林裡，震撼著大地與樹林，兩對黃眼睛緊盯著瑪莉莎和我。

「牠們……不是眞的吧？」瑪莉莎低聲說，「不會是眞的……不會是眞的

這句英文怎麼說

水漫過我的肩膀了。
The water flowed past my shoulders.

吧！」

她已不再划水了，只是定定站著凝視兩隻龐然大物，同時嘴裡不停的念念有詞。

樹木紛紛倒塌，兩隻大貓轟隆有聲的走向岸邊。

「不……」瑪莉莎的喉嚨裡發出一聲哀鳴。

我掙扎著呼吸，胸口疼得厲害，頭也開始發昏了。

那大貓嘴一張，發出可怕的嘶叫聲。

我看見數排尖利的牙齒，以及牠們黃色的眼睛邪惡的瞇成細線。

牠們頭一仰，又是一陣嘶鳴，接著拱起背，黑色的毛在牠們的背上豎得筆直。

「牠、牠們想幹嘛？」瑪莉莎結結巴巴的問。

我張嘴想回答，卻只能擠出尖細的悲鳴。

水漫過我的肩膀了，我將手舉過水面，努力不讓自己下沉。

「賈斯汀，牠們想幹什麼？」瑪莉莎再次尖叫著問。

我們很快就找到答案了。

我們還來不及叫，兩顆巨大的貓頭便朝我們衝下來，牠們張大了嘴，參差的利齒分張開來。

我轉過身，拚命扭動著想掙脫，卻牢牢釘在原地。水濺在我臉上，接著我感覺到大貓的牙齒咬在我的運動衫後邊。

我氣急敗壞的拍著水，大口喘著氣，感覺自己被抓起來了。我的靴子啵的一聲，從泥裡拔了出來。

巨貓燙熱的呼氣吹在我的脖子和後腦勺，牠的牙齒緊咬著我，將我拔起來，拉出了水面。

「哇！」我終於叫出聲了。

巨貓將我銜在高空中亂晃。

我的四肢晃成一團，巨貓頭一扭，便將我左右亂甩。

「救命！啊——救命！」我聽見妹妹的聲音從近處傳來，轉頭看到她被另一隻貓提在半空中，那貓的爪子緊扣著瑪莉莎的衣服後邊。

我想出聲喊瑪莉莎，可是巨貓燙熱的呼氣差點令我窒息。

這句英文怎麼說

我沒有時間細想。
I did not have time to think about it.

我感到巨貓後腿一立，自己被拎得更高了。巨貓的腳掌一抬，拍著我的身側。

難不成牠把我當成玩具了？

我沒有時間細想。

巨貓把我拍來弄去，搞得我昏頭轉向。突然之間，巨貓把我往下放了。

牠張開嘴，我便往下掉了。

是掉入水中嗎？

不是！我的背部重重的摔在岸上，這一摔可摔得不輕，而且還彈了一下，害我痛得差點掛了。

我也不管痛不痛，只是努力掙扎著站起來。我的心在狂跳，全身發抖，只想逃跑。

可是巨貓又把我抓起來，爪子抓在我的右肩上。

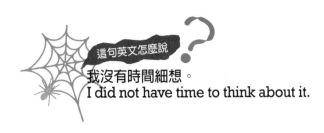

當我又被拎回空中時，我看見瑪莉莎從空中掉下來，並聽見她落地時的驚呼聲，接下來又看著另一隻黑貓彎下頭、張開爪子，再次把她拎到半空中。

上去、又下來……我的身體重重的摔在岸上，大口喘著氣，才剛手腳並用的爬起來，就又被拎起來，晃到水面上了。

瑪莉莎和我都懸在河面上，緊接著我們又一起被扔到岸上。

「哇——」我重重的彈了一下，抬眼看著巨貓俯下巨大的頭顱，再次將我拎起來。

「牠們在做什麼呀？」瑪莉莎尖聲問道，「牠們爲什麼要這麼做？」

「我知道牠們在做什麼，貓總是這樣的！」我渾身戰慄的大叫道，「牠們正在戲弄牠們的食物。」

這句英文怎麼說

牠們正在戲弄牠們的食物。
They are playing with their food.

24.

「哇啊——」

我的胃糾成一團，又被抓到半空中了。一隻黑爪子拍著我，害我懸晃不已。

「牠……牠們要吃我們嗎？」瑪莉莎大喊。

「牠們一定是把我們當成老鼠了！」我回道。

接著我想到一個辦法。

巨貓頭一抬，把我丟到空中，再用大爪子將我接住，緊緊一按，我只覺得自己的頭都快飛出去了。

可是我一邊掙扎著呼吸，一邊因新點子而燃起了希望。

我有足夠的時間嗎？我能在巨貓把我整個吞下去之前辦到嗎？

巨貓又將我丟起來用嘴接住。我的背疼得要命，整個身體都在發痛。

我呻吟一聲，扭過身，伸手到後邊，掙扎著去抓背包。

如果我能把拉鍊拉開，也許就能拿到我塞在裡頭的機器鼠了。也許我可以扭開一、兩隻老鼠，老鼠會讓兩隻貓分神，那麼瑪莉莎和我或許就有一線生機了。

也許、也許、也許……但我一定得設法才行，否則不出幾秒，瑪莉莎和我就要變成貓食了。

貓舌舔著我的頸背，那舌頭跟砂紙一樣粗，痛得我哇哇大叫！同時，貓的熱氣刺痛了我的脖子。

我用一隻手抓住背包，將它拉到胸前來。

可是巨貓張開嘴，粗粗的舌頭從後面頂我，我又摔飛到地上了。

我的四肢重重著地，痛楚再次襲遍全身，整個人都快癱了。

但我知道自己不能放棄。

巨貓嘶嘶作聲的靠向我，亮晃晃的黃眼睛對著我露出飢餓的光芒。儘管痛苦不堪，我還是抓住背包，從肩上解下帶子，把包包甩到胸前，用兩手緊緊抓住。

這句英文怎麼說

我想對瑪莉莎喊話。
I tried to call out to Marissa.

「一定得拿到老鼠，」我大聲說，「一定得弄幾隻老鼠讓巨貓玩。」

我的手抖得厲害，無法解開拉鍊。

「啊！」我氣得大吼一聲，就在這時，巨貓又用大爪子將我撈起來。

我想對瑪莉莎喊話，告訴她撐著點，並跟她說我已經想到一個辦法。

接著我又被高高拋在空中。我用右手抓緊背包，左手去拉開拉鍊。

老天保佑啊！

我默禱著。

千萬要讓我把老鼠拿出來打開呀……

「這是我唯一的機會。」我一邊喃喃說道，一邊跟拉鍊奮戰。「我唯一的機會……」

貓的腥熱氣息撲來，令我一陣哆嗦，我再次感受到那乾熱粗糙的舌頭刮著我的頭背。

「好耶！」

我大叫一聲，因爲終於拉開拉鍊、打開背包了。

「太棒了！」我興奮的將手伸進背包裡，觸到毛絨絨的機器鼠。

我正準備抓起一隻……巨貓卻把我甩得更厲害，頭一搖便將我拋向空中。

「不要！」我慘叫一聲，感覺背包從手上飛了出去。

「不！」我狂亂的去抓背包，兩手拚死命的亂抓；結果沒抓著，又想用腳去撈。

「不——」我眼睜睜看著背包落到地上，彈了一下、兩下，便躺在岸邊的地上了。

巨貓用牙齒銜住我，尖銳的牙往我皮膚裡刺。接著牠大嘴一張，我逐漸往下滑，滑向那粗糙的舌頭上，滑向巨貓的大嘴裡。

「對不起，瑪莉莎……」我慌張無措的低語道，「我們死定了。」

這句英文怎麼說

她是不是已經被吞下去了？

Had she already been swallowed?

25.

我往大貓的粗舌裡滑得更深了，大地已從我的視線中消失。我翻趴過去，雙手往前一伸，抓住兩根彎曲的犬齒，它們在手中摸起來又暖又黏。

我使勁一拉，將自己往上拉了一點；接著又在舌上爬了一小段距離，再拉一次，把頭探出巨貓張開的嘴外。

我四下尋找瑪莉莎，卻見不著她。

她是不是已經被吞下去了？

貓舌在我身體下又鼓又扭的，想把我頂下去。

可是我緊緊抓著牠的犬齒，並瞄見了遠處下邊的地上——有三、四隻灰鼠從背包裡奔跑出來，散到地上。

它們一定是背包摔到地面時被扭開的！

巨貓會瞧見它們嗎？貓兒會感興趣嗎？

巨貓咬著牙，我痛得大叫，手從犬齒上滑開。貓舌又在我身下捲動，使我往下滑動。

接著貓嘴闔上，將我囚在一片黑暗之中。

「噢……」裡頭又熱又濕，實在很難呼吸。

我聽見下面貓胃低沉的咕嚕作響。

「不！」我不禁大喊，「不要、不要，不要啊——」

我的聲音在貓嘴裡聽來又弱又悶。接著，貓嘴出其不意的張開了，陽光頓時潑灑進來。

貓舌將我向前一頂，頂出牙齒，頂出嘴唇之外。

我吸了一大口清涼的空氣，接著便從貓嘴裡飛出去了。

我背部著地，旁邊就躺著瑪莉莎。她驚訝的張嘴望著我，眼睛睜得斗大，紅頭髮濕成一團，亂七八糟的貼在頭上。

這句英文怎麼說

那貓是真的？還是假的？
Are the cats real? Or fake?

我們兩個手忙腳亂的站起來——就在這時，我們看見兩隻黑色巨貓在撲抓老鼠。牠們都在撲擊同一批老鼠。兩隻貓相互吼叫、撕抓，打了起來。

「瑪莉莎——咱們走！」我說。

妹妹訝異的看著巨貓扭滾、撕抓成一團，牠們滾進河裡，又從河裡打回地上。

「快點！走了啦！」我再次大喊，並用兩手去拖妹妹。

「如果牠們發現老鼠是假的，就會回過頭來抓我們了！」

「可是那貓是眞的嗎？」瑪莉莎一邊問，一邊仍驚詫不已的看著，「那貓是眞的？還假的？」

「管他的！」我尖叫道，「我們快離開這裡吧！」

我們再次越過森林，至於往哪邊跑根本也沒去注意，一心只想盡快遠離那些巨貓而已。

我的衣服在貓嘴裡泡過後又濕又黏，可是清涼的空氣吹在皮膚上，感覺是如此舒爽，而且還能把我吹乾。

我們的影子映在前方，彷彿在引領我們。我聽見奇異的動物叫聲，聽起來像是高尖的笑聲，而且還聽見樹林上有翅翼拍動。

可是瑪莉莎和我全然無視於這些聲音的存在，只是繼續奔馳，推開擋路的長草和樹叢，自己開路。

我們沒說話，甚至沒去看彼此，只是並肩狂奔，不離對方的視線，相互扶持的越過枝葉交纏的森林。

我們來到圓形多草的空地上時，都已經快喘不過氣了。搖曳的草地上，靜靜飄飛著黃白相間的蛾群。

「瑪莉莎——妳看！」我指著空地另一邊叫道。

一間小屋就立在草地盡頭的樹林下，那是一棟非常眼熟的小屋子。

「是伊娃娜的！」瑪莉莎開心的叫道，「賈斯汀……我們辦到了！我們回來了！」

我深深吸了一口氣，手腳並用的越過草地。瑪莉莎緊跟在我後面跑著。

「伊娃娜！伊娃娜！」我們兩個高喊她的名字，衝向小屋。

伊娃娜沒出來，我抓住門便推開。

這句英文怎麼說

我聽見房間後方傳來一聲悲鳴。
I heard a whimper from the back of the room.

「伊娃娜——我們回來了！」我興奮的大喊，迅速瞄了屋子一圈，等著眼睛適應昏暗的光線。

瑪莉莎衝進窄小的廚房，一把將我推開。

「我們活下來了！」她叫道，「伊娃娜——測試結束了嗎？我們過關了嗎？賈斯汀和我……」

我們看到伊娃娜坐在小木桌邊，她彎著身子，頭趴在桌上。

她的角盔掉下來側躺在桌上，長長的金辮子鬆開來散在臉上。

「伊娃娜？伊娃娜……」我喊道，轉身看著妹妹，「她一定是睡著了。」

「伊娃娜？」瑪莉莎又喊，「我們回來了！」

但她還是一動也不動。

我聽見房間後方傳來一聲悲鳴，斜眼望向陰影，看到了銀狗。銀狗悲傷的蜷縮在牆邊，頭垂放在兩爪之間的地板上，又發出一聲嗚叫。

「賈斯汀……這裡不太對勁。」瑪莉莎低聲說。

「伊娃娜！伊娃娜！」我喊著她的名字，但伊娃娜還是不動。

大白狗悲傷的哼叫著。

「她睡著了嗎？」瑪莉莎問，「她到底哪裡不對勁？」

「我們去瞧瞧。」我咕噥道。

我深吸了一口氣，越過廚房來到桌邊。瑪莉莎抬手覆住臉頰，並注視著我，不敢移動。

快到桌邊時，我驚喘一聲，停下腳步。

「怎……怎麼了？」瑪莉莎結結巴巴的問。

「妳看她背上插了什麼！」我啞聲說道。

這句英文怎麼說

你看她背上插了什麼！
Look what's sticking out of her back!

26.

「啊？」瑪莉莎害怕的張大了嘴。「賈斯汀……她背上插了什麼？」

我重重吞著口水，兩腳抖了起來，同時抓住椅背，以免跌倒。

「瑪莉莎──看！」我依然指著說。

瑪莉莎走了幾步，嚇得瞪大眼睛。

我們一起望著伊娃娜衣服背後冒出來的金屬物件──那是一把大金屬鑰匙。

我鼓足勇氣，輕手輕腳的走到伊娃娜身後，心跳又急又快。我彎下身去檢查那把大鑰匙。

「是……是上發條用的鑰匙！」我舌頭打結的說。

瑪莉莎張開嘴，卻連聲音都發不出來。

我兩手握著鑰匙，轉動了一下。

伊娃娜的頭抬起來，接著又垂到桌上。

「沒錯，是上發條用的鑰匙。」我告訴妹妹。

伊娃娜的手已經垂到地上，我彎下去抓起一隻手。

感覺上又軟又鬆，像塞入棉花或什麼之類的。

我讓手垂回地上，轉身看著瑪莉莎。

「伊娃娜不是眞的。」我吞了口口水，「她是某種假人或木偶之類的東西，伊娃娜也不是眞的……」

「那麼到底有什麼是眞的？」瑪莉莎小聲的問，「這太恐怖了，賈斯汀，這全是測試的一部分嗎？我們現在怎麼離開這裡？怎麼找到爸爸？如果伊娃娜不是眞的，那誰是眞的？」

我搖搖頭，不知如何回答她的問題。而且我跟妹妹一樣的害怕。

我的眼神落回角落裡的銀狗身上，狗狗將頭埋在兩爪間，輕聲的哼著。

接著狗狗的耳朵突然豎了起來，牠抬起頭，眼睛散發著興奮的亮光。

這句英文怎麼說

她是某種假人或木偶之類的東西。
She's some kind of dummy or puppet or something.

我聽到身後傳來尖銳的吼聲，那聲音從門裡傳來。

「嘿——」我轉過身，門突然打開了。

接著一個東西嘶吼著衝了進來。

是魯卡！

他飢餓的眼神看著我，又看看瑪莉莎，凶野的臉上露出獰笑。

「不！」瑪莉莎尖叫著從他身邊退開。

魯卡頭一抖，將長髮甩到後邊，張嘴長號一聲。

他跳到房間中央，吼著將頭一仰，並向我們衝過來。

「魯卡——住手！」我哀求道，「別傷害我們！」

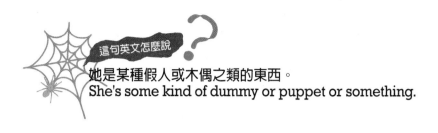

27.

魯卡的笑意消失了，他放下手臂，瞇著深色的眼睛看著我。

「我不會傷害你們的。」他輕聲說。

瑪莉莎和我驚訝的回望著他。

「你……你會說話？」我結巴的問道。

他點點頭，「是的，我會說話，而我首先想說的就是，恭喜！」他的笑意又回來了。

魯卡越過房間，走得跟人類一樣的挺直。他跟瑪莉莎握握手，接著跟我握手。

「恭喜二位，」魯卡友善的說：「你們通過考驗了。」

「可是……可是……」我結結巴巴的說不出話來。

這句英文怎麼說

而我首先想說的就是，恭喜！
And the first thing I want to say is, congratulations!

魯卡從他的手臂上撕下一長條皮毛，再從脖子四周拉下毛來。

「很高興能把這些東西弄掉。」說著又從手臂上撕下更多毛髮。「這些毛弄得我又熱又癢——尤其當你在森林裡跟個野人一樣到處亂跑時。」

「我實在弄糊塗了。」我坦承道。

瑪莉莎點頭表示同意。

「伊娃娜不是眞的。」她指著垮在桌上的伊娃娜低聲說。

魯卡搖頭表示：「沒錯，她不是眞的，她是我親手打造的，正如你們在我的夢幻森林見到的一切，都是我創造的。」

「可是——爲什麼？」我說，「你爲什麼要打造那些東西？」

「測試用呀！」魯卡簡短的回答。他走到伊娃娜後邊，將她擺成坐姿，再用手將假人的頭髮梳到她的腦後，把頭盔戴回她頭上。

「來森林的人非常多，」魯卡回頭看著瑪莉莎和我繼續說道：「他們到林子裡尋找各式各樣的寶藏，就跟你們兩個一樣。」

「我們家族在這座森林裡生活幾百年了，」魯卡繼續解釋，「保護這許多的寶藏成了我們的職責，因此我們便打造了一座測試森林，將那些沒資格的人趕開，防範那些沒資格獲取珍貴寶藏的人。」

「這整座森林都是你打造的嗎？」瑪莉莎問他。

魯卡搖搖頭，「只有假的那一部分才是。」

「我們要怎樣才能通過測試？」我問。

「要找出何謂眞，何謂假。」魯卡答道，「要能戰勝虛假，求取生存。」

瑪莉莎瞪著伊娃娜，假人的綠眼睛呆滯的回望著。

「你是怎麼造出伊娃娜的？」瑪莉莎問。

魯卡得意的笑了。「她是我最得意的作品，伊娃娜讓每個人猜不出我才是這裡的主使者，沒有人相信粗野的狼人會是夢幻森林的主人，這樣我便能很輕易的觀察每一個人，看他們如何進行測試了。」

聽起來有夠神祕，不過我實在太高興一切都結束了，根本不想跟他吵。

「現在我要把你們找尋的寶藏送給你們了。」魯卡宣稱道。他很快轉過身，消失在屋子後邊。

這句英文怎麼說

我們要怎樣才能通過測試？
And how did we pass the test?

瑪莉莎和我面面相覷。

「我簡直不敢相信！」我呢喃道：「他要把放著『失落的傳說』的銀箱子給我們，爸一定會很驚訝的！」

「我們即將富有而出名啦！」瑪莉莎歡呼著，「而且老爸以後再也不能怪我們不幫忙了——永遠都不能怪我們了！」

幾秒鐘後，魯卡拿著一小只銀箱子回來了。

「再次恭喜二位，」他正色道，「我們很高興能以兩位到此尋找的古老寶藏犒賞你們，也希望因此爲你們帶來好運。」

魯卡將銀箱子交到我的手上，箱子比我想像中輕，在桌上燭光的照映下泛著銀光。

我感到心跳不已，雙手顫抖，突然覺得好興奮，還差點把銀箱子弄掉。一想到我手裡拿著「失落的傳說」，就喜不自勝！

「謝謝你。」我拚命擠出了這句話來。

「是啊……謝謝你。」瑪莉莎說，「現在我們該如何回到我們父親身邊？」

魯卡彈彈手指，牆邊的銀狗立即站起來。

「銀狗會帶你們回到營地，」魯卡表示，「緊跟著牠，牠會保護你們。」

「呃……保護我們？」我抓緊銀箱子問。

魯卡點了點頭。

「森林裡有很多小偷，有些是眞的，有些是假的，不過他們都會偷你們的寶藏，把寶物據爲己有。」

「我們會緊跟著銀狗的。」我答應道。

我們再次謝謝魯卡，便跟著大白狗走出小屋，回到林子裡。

午後的太陽沉到樹林後邊，在地面上輝映出橘色的光芒，空氣中已然透著夜的涼意了。

大狗高捲著尾巴，像拿了面旗子一般，穩穩的跑著引領我們前行。我小心翼翼的將箱子捧在手上，一邊緊盯著狗兒，瑪莉莎則亦步亦趨的跟著。

我們沿著一條曲徑穿過一片黃色的長草，再繞過高高的長綠樹叢。

銀狗在樹叢的另一頭，帶我們走上一條覆滿葉子的小徑。我們匆匆追著狗兒

這句英文怎麼說

森林裡有很多小偷。
There are many thieves in the forest.

的步伐，靴子在小徑上踩踏有聲。

我緊抓著銀箱子，實在等不及想打開蓋子看看「失落的傳說」，將它拿出來讀一讀。

傳說中寫些什麼啊？

是誰寫的？又是什麼時候寫的呢？

我有好多疑問，一旦打開箱子，將傳說從封藏五百年的銀箱中拿出來後，所有的疑問就能獲得解答了。

太陽落到樹林後面，我們的影子越拉越長，腳下的枯葉沙沙作響。

「噢——等等！」我聽見身後有腳步聲，「等一等……」

銀狗繼續跑在我們前面。

但瑪莉莎和我停下腳步，並豎耳傾聽。

那沙沙的腳步聲從後面的樹林快速逼近我們，我的背脊竄起一陣涼意。

「瑪莉莎……有人在跟蹤我們！」我低聲說。

28.

「魯卡警告過我們會有小偷。」瑪莉莎輕聲表示。

沙沙的腳步聲逼得更近了。我把銀箱子塞到腋下，像在保護橄欖球一樣。我喉頭發緊，幾乎沒辦法呼吸。

我轉身看到銀狗跑在前頭，身後的尾巴還是翹得老高，緊接著消失在一片長草後面了。

「我們不能呆站在這兒呀……」瑪莉莎喃喃說著。

腳步聲來得更快了，我知道某個偷兒——或一群小偷——隨時都會從林子裡衝出來，把箱子從我們手上奪走。

我轉身看著長長的野草，現在根本就見不著銀狗的蹤影了。

這句英文怎麼說

我們躲到那些樹後。
Let's duck into those trees.

「我們得快點跑。」瑪莉莎低聲說。

我聽著作響的腳步聲。

「我們跑不過銀狗的。」我告訴妹妹，「我沒辦法跑很快，得小心拿著箱子。」

瑪莉莎嚇得瞪大一雙藍眼，接著表情一變。

「我想到一個妙計了，賈斯汀，我們躲到那些樹後。」她指著說，「小偷就會從我們身邊跑過去……我們躲在那裡，等看不到他再出來。」

這算是妙計嗎？還是下下之策？但我們沒時間細想了，得趕快行動才行。

我們兩個火速轉身朝樹林前進，向著原先朝我們逼近的腳步聲跑了過去。

我們可以跑到安全的地方嗎？可以在對方衝向我們之前躲進林子裡嗎？

但我從沒機會找到答案。大約跑過草地的一半，我就被倒下的樹枝絆倒了。

「唉喲！」我大叫一聲後，向前跌了出去，銀箱子也登時從我的手裡飛脫。

「不！」我絕望的伸手去抓，可是沒抓著，還重重的跌跪在地。

眼見箱子飛到半空中，我驚訝的看到一個身形壯碩的男子從陰黑的樹影裡跑出來。這個人雙臂一舉，輕鬆無比的接住了銀箱子。

29.

我望著銀箱子，眼睜睜的看那男子接住箱子，緊緊握住。

我們的箱子，我們的「失落的傳說」……

我們經歷了那麼多可怕的事才得到的箱子，現在竟然落到別人手裡了。

我看著那男人緊緊抱住箱子，抬眼看向男子蓄著鬍子的臉。

「爸！」我不禁大叫。

「爸……」瑪莉莎也跟著叫出聲來，「我簡直不敢相信！」

大鬍子老爸很快的笑了開來。

「我也不太敢相信哩！」他叫道，「你們兩個小鬼跑哪兒去了？我一直在森林裡找你們！你們究竟去哪裡了？」

這句英文怎麼說

我一直在森林裡找你們！
I have been searching the forest for you!

「說來話長。」瑪莉莎跑向前對爸爸說。

「是啊，瑪莉莎和我的經歷就是一場傳說了。」我表示道。

爸爸把箱子放到地上，我們一起抱著老爸。他好高興見到我們，眼淚都飆出來了。等我們抱完後，他又把我們兩個緊緊抱了一遍。

「真不敢相信我終於找到你們了！」他開心的大叫。

「你看我們找到什麼了。」我指著箱子說。

老爸的下巴差點就掉下來了。我想當他跳出來接住箱子時，應該不知道自己接到的是什麼。

「是……是一個銀箱子！」他歡呼道。

「就是那個銀箱子！」我告訴他，「那個我們老遠跑到布瓦尼亞來找的銀箱子！」

「可、可是……怎麼會這樣？」

我從沒看過爸爸的表情如此困惑，又如此興奮。

「傳說中的『失落的傳說』……」爸低聲呢喃，小心的從地上拿起箱子，「這是我這輩子中最激動的一刻。你們是怎麼辦到的？怎麼會找到這個古老的箱子？怎麼會……」

爸的嗓子都破音了，我想他是興奮到說不出話來。

「爸爸，我跟你說過這一切說來話長哪。」我說。

「至少你不能再說我們都不幫忙了！」瑪莉莎附和道。

霎時，我們三人全都笑了。

「你們知道這對我們的意義嗎？」爸沉著聲，近乎呢喃的問，「你們知道這項發現有多麼令人震撼嗎？」

爸跪下來不住的讚賞箱子，他溫柔的用手撫著平滑的銀蓋子。

「太美了，太美了。」他笑著重複說道。

「我們可以打開箱子嗎？」瑪莉莎一邊問，一邊在父親身邊跪下來。「拜託啦，老爸，我們可不可以打開箱子看看『失落的傳說』？」

「我們一定得瞧瞧，」我也心急的說，「非看不可！」

爸爸點點頭。

這句英文怎麼說

這是我這輩子中最激動的一刻。
This is the most thrilling moment of my life.

「沒錯，我們一定得看一看。」他笑道，「相信我，我比你們兩個更迫不及待呢！」

老爸彎下身子，我看到他顫抖著雙手探向箱子的銀扣鉤。

「好美，眞是太美了。」爸又喃喃說道。

他的手拉住扣鉤轉動，接著用力一扯，慢慢、慢慢的把蓋子拉開。

我們三個人全靠過去望向箱子裡。

30.

我們全擠到箱子邊，頭都碰到一塊兒了。

「我……我不相信！」我驚叫道。

「這是什麼嘛？」瑪莉莎尖聲問著。

爸的嘴張得老大，他瞇眼看著箱子，一個字也沒說。

「是……是一顆蛋！」我終於支支吾吾的說出來。

我們三人看著一個上頭長著棕色斑點的大黃蛋。

「但……但是『失落的傳說』在哪兒？」瑪莉莎問，「這不可能是『失落的傳說』吧！」

爸爸嘆了一口氣，搖頭輕聲說：「這不是我們要的銀箱子。」

這句英文怎麼說

「失落的傳說」在哪兒？
Where is the Lost Legend?

他將手伸進箱子裡，小心的拿起蛋，再用另一隻空著的手在箱子裡東摸西探。「裡頭沒別的了，只有這麼一顆蛋而已。」

爸爸把蛋放在雙手中緩緩轉動，檢視一番，接著謹慎萬分的把蛋擺回箱子裡。「只是普通的蛋而已。」他難過的重述道。

我不由得啞聲怨道：「可是瑪莉莎和我通過測驗啦！魯卡說他會把我們到此地尋找的東西給我們哪！」

「誰是魯卡？」爸爸問，他仔細的闔上箱蓋，低吟一聲站起來。「我們去哪兒才能找到他？」

我還來不及回答，便聽到一陣沙沙聲從空地上穿踏而來。我轉過身看到銀狗從草叢裡跑了出來。

「銀狗！」我大叫著跑向前去，拍著狗狗的大頭和牠脖子上的絨毛，命令道：「帶我們回去找魯卡！魯卡……帶我們回去找魯卡！」

銀狗搖搖尾巴，是表示牠聽懂了嗎？

「魯卡！」我又說了一遍，「帶我們回去找魯卡！」

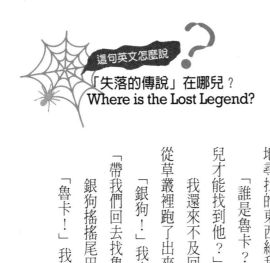

大狗一邊搖著蓬鬆的尾巴，一邊越過我們朝林子走去。爸拿起銀箱子，我們三個便跟著狗兒返回森林裡去了。

瑪莉莎和我並沒離開小屋很遠，幾分鐘後，小屋便映入眼簾了。

魯卡跑出來，一臉的驚訝。

「我沒想到會再看到你們回來，」他搖著一頭黑長的頭髮說，「你們迷路了嗎？」

「不，不完全是。」瑪莉莎答道。

「這位是我父親。」我告訴魯卡說，「我們終於找到他了。」

爸和魯卡握了握手。

「你們爲什麼又回來這裡了？」魯卡問道，眼神看著爸爸手裡的銀箱子。「我把你們要找的東西給你們了啊！」

「不完全是。」爸回答，「裡頭是個蛋。」

「是啊，我知道。」魯卡搔著下巴說。

這句英文怎麼說

你們為什麼又回來這裡了？
Why did you come back here?

「可是我們不是來這裡找蛋的！」我抗議道。

魯卡瞇著眼睛看我們，「你們不是要到森林裡找『永恆的眞理之蛋』嗎？」

「才不是！」我說，「爸帶我們來是要找傳說中『失落的傳說』。」

「天哪！」魯卡臉一紅，看起來十分懊惱。「看來是我弄錯了。」

「沒關係。」爸柔聲說，「每個人都會犯錯的。」

魯卡搖搖頭說：「對不起，通常我是不會弄錯的，我眞的以爲你們是要找這顆『永恆的眞理之蛋』。」

魯卡一邊搖著頭，一邊將銀箱子從老爸手裡拿過去。他把箱子放回小屋裡，一會兒又回來說：「眞的是很抱歉。」

「你能幫我們找到『失落的傳說』嗎？」我問，「你手上有嗎？」

「我有嗎？」我的問題似乎頗令魯卡訝異，「不，我沒有，我想……要找到『失落的傳說』很難。」

「爲什麼？」爸爸急切的問道，「你知道『失落的傳說』在哪裡嗎？」

魯卡點了點頭。

「是的，我可以指點你們去找擁有『失落的傳說』的人，可是我想他們不會與『失落的傳說』分開的……他們已經拿著『失落的傳說』在森林裡漫遊五百年了，我不認爲他們會想把傳說給你們——任何代價都不成。」

「我……我只是想跟他們談談而已。」爸興奮的大叫道，「我只是想親眼看看傳說而已！」

「往那個方向去吧。」魯卡指示著，「越過兩條小溪，你們也許會在一大片滿佈石子的空地上找到他們，他們在森林裡漫遊，從不會待在同一個地方太久。不過，如果你們動作快的話，我想應該能在石地上找到他們。」

「太謝謝你了！」爸握著魯卡的手叫道。

我們全跟魯卡道謝後，匆匆朝他所指的方向趕去。我們三人興奮得同時說著話。

「你想他們會很友善嗎？」

「你覺得他們會讓我們看『失落的傳說』嗎？」

「你認爲他們會借給我們嗎？」爸爸問，「如果我們能把傳說借來幾個星期

這句英文怎麼說

你想他們會很友善嗎？
Do you think they'll be friendly?

就好了……」

「魯卡說他們也許不會很友善。」

「他說任何代價都無法使他們把『失落的傳說』讓出來。」

兩條小溪輕易就涉過去了，我們只走了一個小時的路。

當我們靠近他們的營地時，三人還是興奮的說個不停。我們在一座可以俯看大片石地的矮丘前停下腳步。那是一片石地。

我們看見成排用獸皮製成的小帳篷，有幾個身穿棕色長袍的人正在空地中央升火，一群骨瘦如柴的灰狗在空地邊陲相互嘶咬、扭打。

「我簡直不敢相信。」爸搜尋著那片營地說，「我不相信這些流浪者真的擁有『失落的傳說』。」

「可是他們會讓我們看一看嗎？」我問。

「只有一個辦法能知道。」爸回答，並率先走下山頭。「哈囉！各位……」

他對流浪者喊道：「哈囉！」

31.

「哈囉！各位！哈囉……」

當我們來到石地上時，瘦削的狗群停止扭打，狂吠著向我們衝過來。狗群低下頭，露出利齒，低聲吼叫著。

瑪莉莎、老爸和我停下腳步，我看到三個穿著棕色袍子的男人從帳篷裡跑出來。他們很快的將狗群趕開。我發現這些人跟狗群一樣枯瘦。

「哈囉！」爸親切的跟他們打招呼，「我是理查．克拉克教授，這是賈斯汀和瑪莉莎。」

三名男子嚴肅的點點頭，卻沒說話。

其中兩人頭都禿了，另一名則有著卷長的白髮和濃密的白鬍子。

這句英文怎麼說

三名男子嚴肅的點點頭。
The three men nodded solemnly.

瑪莉莎和我互看一眼，我看得出妹妹和我一樣害怕。

這些穿棕色長袍的流浪漢看起來一點也不友善。

「你們是怎麼找到我們的？」白髮男子率先開口，冷冷的問道。

「有人指點我們。」爸回道。

「你來這裡做什麼？克拉克教授。」流浪漢又問。

「我們在找傳說中的『失落的傳說』。」老爸告訴他。

三名男子同時驚呼，他們湊過頭，激動的彼此低聲交談。

等他們滿臉激動的談完後，便轉身看著我們，但他們還是沒說話。

「『失落的傳說』在你們手上嗎？」爸急切的問，「你們手上有『失落的傳說』嗎？」

「是的。」白髮男子回答，「沒錯，我們有『失落的傳說』。」

他對兩個禿頭男子輕聲說了些什麼，他們火速轉過身，長長的袍子跟著飛旋，然後匆匆走開了。幾秒鐘後，兩個男的回來了，其中一人拿著一小只銀箱子。

「噢，我的天哪！」爸出聲喊道，眼睛都快掉出來了。「那就是嗎？那眞的就是失落的傳說嗎？那就是『失落的傳說』……」

「是的。」白髮男子回答，「你想要嗎？」

「呃……」我們三人一齊喊出聲來。

流浪者把箱子塞到我手裡，我震驚到差點把箱子弄掉了。

「箱子是你們的了。」白髮男子說完，向後退開。

爸重重嚥著口水，大聲問道：「你確定……確定要把它給我們嗎？」

「是的，拿去吧……」男子很快的回答，「再見！」

他和其他兩名男子轉過身，快速走回營帳，我們驚訝的發現，他們竟然立即開始收拾了。

幾十名流浪者開始拔營、打包行李、將營火撲滅。不消幾分鐘，他們已經匆匆撤離了。石地上一片空蕩蕩的，根本看不出他們曾經在這兒待過。

「好奇怪哦……」爸說，「實在太奇怪了。」

接著我們離開空地。我想我們三個大概是被嚇到了，至少我知道自己是完全愣呆了！

這句英文怎麼說

你確定要把它給我們？
Are you sure you want to give it to us?

「他們什麼都沒說就把寶藏給我們了。」爸搓著鬍子說，「他們爲什麼要那麼做？爲什麼完全沒有要求，就平白將寶藏給我們？我實在是不敢相信。」

箱子還是夾在我的腋下，走了一會兒之後，我停下來問道：「我們要去哪裡？把箱子打開來看看吧！」

「好啊！」爸也同意，「我實在是太訝異、太吃驚了，大概連自己在做什麼都不曉得了。」

他從我手裡接過箱子，十分愼重的放到地上。

「一起來瞧瞧吧，我們終於可以看了！」

爸爸小心翼翼的拉開蓋子上的栓子，將箱子打開，再伸手進去拿出一份手稿——一大疊發黃的厚紙上，寫滿了細小的黑字。

「沒錯，」爸開心的低聲說，「這就是了！」

他將古老的傳說緊抓在手裡，再將手稿放下來，讓瑪莉莎和我也能看到。

「哇！」瑪莉莎叫道，「看起來眞的有五百年耶——對吧？」

「爸，最上面一頁寫什麼？」我一邊問，一邊努力想辨識那些字。

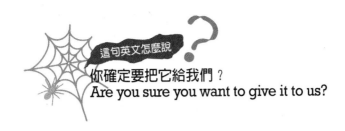

「呃……我看看。」爸回答。

他把手稿拿到面前，努力讀著細小的字，大聲朗讀道：

「無論誰擁有『失落的傳說』，都將永遠迷失。」

「啊？這話是什麼意思？」我喊道。

爸聳聳肩，「其實不代表任何意義，只是傳說的一部分罷了。」

「你確定嗎？」瑪莉莎用顫抖的聲音問。

爸低頭看著手稿。

「永遠迷失……」他呢喃道，「無論誰擁有『失落的傳說』，都將永遠迷失。」

接著他抬起頭看著四周的樹林。「咦……我們在哪裡？」

我們三個同時環顧黑暗、陌生的樹林，發現我們已經離開石地了，現在沒有一樣東西看起來是眼熟的。

「我們在哪裡？」爸又問了一遍。

「我……我們迷失了。」我喃喃說道。

我只看得到冰而已。
All I can see is ice.

我討厭刺激的冒險！
I hate amazing adventures!

我穿著雪鞋怎麼跑？
How can I run in snowshoes?

你是怎麼把雪橇停下來的？
How did you stop the sled?

世上唯一的藍海獅。
The only blue sea lion in the world.

我們要飄走了！
We are floating away!

我還沒想到故事結尾。
I have not thought of an ending to the story yet.

你今天早上亂跑，結果迷路了。
You wandered off and got lost this morning.

爸爸周遊世界去搜羅故事。
Dad travels all over the world, searching for stories.

往後我會多幫一些忙的。
I'll be more helpful.

我發現自己正在冒汗。
The beast turned away from us.

說不定是狼人！
Maybe it is werewolf!

我不認為牠有什麼危險。
I do not think it is too dangerous.

牠不是野狗。
It is not a wild dog.

瑪莉莎想從我手上搶過紙條。

Marissa tried to grab the note from my hand.

藍色的霧氣已降到我們身邊了。

The blue fog lowered around us.

我察覺到大狗緩緩朝著樹林走去。

I spotted the big dog loping slowly toward the trees.

我們兩個在黑暗中搜尋著。

We both searched the darkness.

我們應該帶手電筒的。

We should have brought a flashlight.

鳥哪會在夜裡那樣飛？

Since when do birds fly like that at night?

這座森林綿延好幾百哩！

This forest goes on for miles and miles!

除了振翅聲，我還聽到另外一種聲音。

And over the whisper of the wings, I heard another sound.

你們兩個小笨蛋就不能好好跟過來嗎？

Why can't you two jerks keep up with me?

說不定它是餅乾和糖果做的。

Maybe it's made out of cookies and candy.

對不起，我實在很沒有幽默感。

Sorry. I have a bad sense of humor.

森林裡發生任何事我全都知道。

I know everything that happens in this forest.

湯裡沒毒，不過先別吃。

The soup isn't poison. But don't eat it yet.

她研究著我碗裡的麵條。

She studied the noodles in my bowl.

我想滾開。
I tried to roll away.

他是被狼群帶大的。
He was brought up by wolves.

是我把它踢到地上了嗎？
Had I kicked it onto the floor?

你覺得他算不算半個人？
Do you think he's part human?

我想我們應該保住性命。
I think we're supposed to stay alive.

它們看起來很像胡桃。
They look like walnuts.

瑪莉莎的呼喊在林子裡迴旋不散。
Marissa's cry echoed all around the forest.

我想他真的很想抓那隻松鼠。
I think he really wanted to catch that squirrel.

我們要怎麼通過測試呢？
How do we pass the test?

我真希望爸從沒跟我們講過那個故事！
I wished Dad had never told us that story!

老鼠又不是從蛋裡孵出來的。
Mice do not come from eggs.

我從耳朵上揪下一隻老鼠。
I pulled a mouse from my ear.

瑪利莎從脖子後面用力拉下一隻老鼠。
Marissa tugged a mouse off the back of her neck.

你想我們通過測試了嗎？
Do you think we passed it?

你會痛嗎？

Are you in pain?

全是假的！

It is all a fake!

我閉上眼睛，用手護住頭部。

I shut my eyes and covered my head with my hands.

誰的腳步聲會那麼大？

What could make footsteps that loud?

我們怎麼也逃不出那片陰影

We couldn't run out of the shadow.

河水比我想像的還要急。

The water flowed faster than I thought.

這水感覺很真啊！

The water feels plenty real!

水漫過我的肩膀了。

The water flowed past my shoulders.

我沒有時間細想。

I did not have time to think about it.

牠們正在戲弄牠們的食物。

They are playing with their food.

我想對瑪莉莎喊話。

I tried to call out to Marissa.

她是不是已經被吞下去了？

Had she already been swallowed?

那貓是真的？還是假的？

Are the cats real? Or fake?

我聽見房間後方傳來一聲悲鳴。

I heard a whimper from the back of the room.

你看她背上插了什麼！
Look what's sticking out of her back!

她是某種假人或木偶之類的東西。
She's some kind of dummy or puppet or something.

而我首先想說的就是，恭喜！
And the first thing I want to say is, congratulations!

我們要怎樣才能通過測試？
And how did we pass the test?

森林裡有很多小偷。
There are many thieves in the forest.

我們躲到那些樹後。
Let's duck into those trees.

我一直在森林裡找你們！
I have been searching the forest for you!

這是我這輩子中最激動的一刻。
This is the most thrilling moment of my life.

「失落的傳說」在哪兒？
Where is the Lost Legend?

你們為什麼又回來這裡了？
Why did you come back here?

你想他們會很友善嗎？
Do you think they'll be friendly?

三名男子嚴肅的點點頭。
The three men nodded solemnly.

你確定要把它給我們？
Are you sure you want to give it to us?

雞皮疙瘩系列 40

失落的傳說

原著書名—— Legend of The Lost Legend
原出版社—— Scholastic Inc.
作　　者—— R.L. 史坦恩（R.L.STINE）
譯　　者—— 柯清心
責任編輯—— 劉枚瑛、何若文
文字編輯—— 艾思

國家圖書館出版品預行編目（CIP）資料

失落的傳說 / R. L. 史坦恩 (R. L. Stine) 著；柯清心 譯.
-- 2 版. -- 臺北市：商周出版：家庭傳媒城邦分公司發行,
民 105.09 160 面；14.8 x 21 公分. --（雞皮疙瘩系列；40）
譯自：Legend of The Lost Legend
ISBN 978-986-477-080-9（平裝）
874.59　　105013682

版　　權—— 翁靜如、吳亭儀
行銷業務—— 林彥伶、石一志
總 編 輯—— 何宜珍
總 經 理—— 彭之琬
發 行 人—— 何飛鵬
法律顧問—— 台英國際商務法律事務所 羅明通律師
出　　版—— 商周出版
臺北市中山區民生東路二段 141 號 9 樓
電話：(02) 2500-7008 傳真：(02) 2500-7759
E-mail：bwp.service @ cite.com.tw
發　　行—— 英屬蓋曼群島商家庭傳媒股份有限公司城邦分公司
臺北市中山區民生東路二段 141 號 2 樓
讀者服務專線：0800-020-299 24 小時傳真服務：(02)2517-0999
讀者服務信箱 E-mail：cs @ cite.com.tw
劃撥帳號—— 19833503 戶名：英屬蓋曼群島商家庭傳媒股份有限公司城邦分公司
訂購服務—— 書虫股份有限公司客服專線：(02)2500-7718；2500-7719
服務時間：週一至週五上午 09:30-12:00；下午 13:30-17:00
24 小時傳真專線：(02)2500-1990；2500-1991
劃撥帳號：19863813 戶名：書虫股份有限公司
E-mail：service@readingclub.com.tw
香港發行所—— 城邦（香港）出版集團有限公司
香港 灣仔 駱克道 193 號東超商業中心 1 樓
電話：(852) 2508-6231 傳真：(852) 2578-9337
馬新發行所—— 城邦（馬新）出版集團
Cité(M) Sdn. Bhd. 41, Jalan Radin Anum,
Bandar Baru Sri Petaling, 57000 Kuala Lumpur, Malaysia.
電話：(603)9057-8822 傳真：(603)9057-6622
商周出版部落格—— http://bwp25007008.pixnet.net/blog
行政院新聞局北市業字第 913 號

美術設計—— 王秀惠
印　　刷—— 卡樂彩色製版有限公司
經 銷 商—— 聯合發行股份有限公司 新北市 231 新店區寶橋路 235 巷 6 弄 6 號 2 樓
電話：(02)2917-8022 傳真：(02)2911-0053

■ 2004 年（民 93）03 月初版
■ 2021 年（民 110）10 月 25 日 2 版 2 刷
■ 定價 / 199 元

ISBN 978-986-477-080-9

Printed in Taiwan
城邦讀書花園
www.cite.com.tw

Goosebumps®

Goosebumps®